聖なる約束

日本よ永遠なれ

赤塚 高仁

きれい・ねっと

もくじ

第3章 教育勅語という祈り

第4章 本当のことを知らせるために

第5章

日本よ、永遠なれ！

第1章　神話は祖先からの贈り物

●日本が見えない日本人

今から18年前のことです。当時15歳だった私の娘が一年間米国に留学しました。カリフォルニアの北部にある小さな田舎町の家庭にお世話になって、日本人とはまったく会わない一年間を過ごしたのでした。

さぞかし見聞が広がったことだろうと、私は話を聞くのを楽しみに帰国した娘を出迎えました。ところが、娘から出た言葉は予想に反するものでした。

「お父さん、私は本当に恥ずかしかった……」

涙ぐむ娘に驚いた私は、一体どうしたのかと尋ねました。

米国で出来た友人たちは皆、日本に大変興味を持っていて、娘は決まって「日本という国は、いつできたの？ 誰が作ったの？」と質問されたそうです。そして、知らないと答えると今度は、「自分の生まれ育った国の歴史を知らないなんて、どういうことなの？」と、不思議そうな顔をされました。

米国の高校生たちは、一人残らず建国の日や建国の父を知っているのです。

彼らは、続けて「あなたは、アメリカに何をしにきたの？」と娘に質問しました。「広く世界のことを知りたくて」と答えた娘に、米国の友人たちはあきれたような顔でこう言ったそうです。

「あなたが知るべきなのは、あなたの国のことでしょう。自分の国のことも知らない人が、よその国のことを勉強してどうするの？」

娘は大きなショックを受けました。

何かが「ある」ということは、それが造られたものである、ということでしょう。造られたということは、造った存在があるということでもあります。

新しい会社も、古くから続く老舗も、必ず創業者があって創業の時があり、いまの会社があるのです。それと同様に、国も「ある」ということは、建国した人物があり、建国された時があるということです。

やがて、娘はうつむいていた顔をあげ、私に問いかけました。

「お父さん、私に日本の歴史を教えて！　日本はいつ、誰が作ったの？」

あなたなら、娘にどのようにお答えくださるでしょうか。驚くべきことに、私は何ひとつ答えることができませんでした。日本の建国について何も知らなかったからです。

私は、この瞬間まで、日本史について本当のことを知らないということすら知らないで生きていました。なぜなら、それまでの人生において、そんなことを考えたことなどなかったし、疑問に思ったこともなかったからです。

私は、自分の国について何も知らないということが、いかに非常識で恥ずべきことであるかということに、娘の体験を通して気づかされました。そのときから、私の失われた日本の歴史の学び直しが始まりました。42歳になっていましたが、私は、「日本人のようなもの」ではなく、日本人になりたいと願わされたのです。

本当の日本史を実際に歩いてみようと、私は天孫降臨の舞台、霧島神社、神武天皇の建都された橿原宮などを訪ね歩きました。生まれ育った伊勢の地に、どうして皇大神宮が在るのかも、ようやく知らされました。

これまで書物の中で平面的だった知識が、命を帯びて魂の中に立ち上がってくる感覚がありました。神話はファンタジーであり、ただの作り話くらいにしか思っていませんでしたが、神話こそ民族の根っこであり、真実なのだと感じたのです。

事実であるかどうかは問題ではありません。

神話とは頭で理解しようとするものではなく、素直な心で感じとってゆくものなのだから。

●世界で一番古い歴史を持つ国

あなたは日本がいつできたのか知っていますか。

あなたは日本を建国したのは誰か知っていますか。

この質問を日本の高校生に投げかけたところ、答えられたのは3%未満だというから驚きです。でも、あなたはどうでしょうか。同じ質問にきちんと答えられるでしょうか。


物質文明のリーダーとしての覇者、アメリカの建国は、1776年ですから、約240年の歴史です。

聖書を生み、世界を変えてしまったキリストと呼ばれるイエスが出たイスラエルは、西暦73年にローマ帝国によって滅ぼされてしまいます。以来、2000年近く国がありませんでしたが、1948年再び建国され70年ほどの歴史を持ちます。

ピラミッドのあるエジプト・アラブ共和国は、１９７1年の成立。中国４００0年の歴史と言われますが、実は現在の中華人民共和国が始まってからは、たった60数年しか経っていません。

現在、世界で二番目に古い歴史を持つ国は、デンマークで１１００年です。その次が英国で約９４０年。


では、一番は？

そうです。世界で最も古い歴史を持つ国は、日本なのです。


私は長らくの間、国を誇りに思うことや、国を自慢することに対してどこか恥ずかしく感じる気持ちを持っていました。マスコミなどでも、それがあたかも正論であるかのように、国を貶める有識者の意見が飛び交っています。しかし、それは違っていました。

日本は、神々からつながる天孫民族の国であり、アマテラスの子孫である天皇を中心として建国以来2679年もの間、一度も滅びることなく、植民地支配されることもなく、脈々と途切れずに続いてきました。私たちの祖国は天からの命、神話が今も生き続ける、世界中探してもどこにもない国なのです。

この真実を知らされたときの私は、腹の底から熱き血潮が誇らしく湧き上ってくるような思いがしました。

アメリカのある中学校の教科書には、以下のような一節が掲載されています。

日本の子供たちは、学校で次のように学んでいる。

イザナギという権威ある神が、その妻イザナミと共に「天の浮橋」の上に立った。

イザナギは、眼下に横たわる海面を見下ろした。やがて彼は暗い海の中に、宝石をちりばめた槍をおろした。その槍を引き戻すと、槍の先から汐のしずくが落ちた。

しずくが落ちると、次々に固まって、島となった。このようにして日本誕生の伝説が生まれた。

またこの伝説によると、イザナギは多くの神々を生んだ。

その中の一人に太陽の女神があった。女神は孫のニニギノミコトを地上に降り立たせ、新しい国土を統治することを命じた。ニニギノミコトは大きな勾玉と、神聖な剣と、青銅の鏡の三つを持って、九州に来た。これらはすべて、彼の祖母から贈られたものであった。

これら三つの品物は、今日もなお、天皇の地位の象徴となっている。ニニギノミコトにはジンムという曽孫があって、この曽孫が日本の初代の統治者となった。

それは、キリスト紀元前660年の2月11日のことであった。

何百年もの間、日本人はこの神話を語り継いできた。この神話は、日本人もその統治者も、国土も、神々の御心によって作られたということの証明に使われた。

現在のヒロヒト天皇は、ジンム天皇の直系で、第124代に当たるといわれる。
かくして日本の王朝は、世界で最も古い王朝ということになる。

日本語にしてわずか600字程度のこの文章の中に、イザナギ・イザナミの国生み神話、天照大神と三種の神器とニニギノミコトの天孫降臨、神武天皇の建国宣言、万世一系の世界で最も古い王朝のことなど、戦後の日本の教科書で一切触れられていないことがたっぷりと書かれています。
どうして私たちは、アメリカの中学生が教えられていることさえ教えられてこなかったのでしょうか。

●祖先のこころに自分のこころを重ねる

戦前の小学校の教科書に「松阪の一夜」という話が載っています。

本居宣長《もとおりのりなが》は伊勢の国松阪の人である。若い頃から読書が好きで、将来学問を以て身を立てたいと一心に勉強してゐた。

盛夏の半ば、宣長がかねて買いつけの古本屋に行くと、主人は愛想よく迎えて、「どうも残念なことでした。あなたがよく会いたいとお話になる江戸の賀茂真淵《かものまぶち》先生が先程お見えになりました」といふ。

思ひがけない言葉に宣長は驚いて、「先生がどうしてこちらへ」「何でも、山城・大和方面の御旅行がすんで、これから参宮をなさるのだそうです。あの新上屋にお泊りになつて、さつきお出かけの途中『何か珍しい本はないか』とお立ち寄り下さいました」

「それは惜しいことをした。どうかしてお目にかかりたいものだが」

「後を追ってお出でになつたら、大てい追いつけませう」

宣長は、大急ぎで真淵の様子を聞き取つて後を追つたが、松阪のはづれまで行つても、それらしい人は見えない。次の宿の先まで行つてみたが、やはり追いつけなかつた。宣長は力を落として、すごすごともどつて来た。そうして新上屋の主人に、萬一お帰りに又泊まられることがあつたら、すぐ知らせてもらいたいと頼んでおいた。


望がかなつて、宣長が真淵を新上屋の一室に訪ねることが出来たのは、それから数日の後であった。

二人はほの暗い行燈のもとで対座した。

真淵はもう七十歳に近く、いろいろりつぱな著書もあつて、天下に聞えた老大家。宣長はまだ三十歳余り、温和な人となりのうちに、どことなく才気のひらめいてゐる少壮の学者。年こそ違え、二人は同じ学問の道をたどつてゐるのである。

だんだん話をしてゐる中に、真淵は宣長の学識の尋常でないことを知つて、非常に頼もしく思つた。


話が古事記のことに及ぶと、宣長は、「私はかねがね古事記を研究したいと思つてをります。それについて何か御注意下さることはございますまいか」

「それはよいところにお気付きでした。私も実は早くから古事記を研究したい考はあつたのですが、それには萬葉集を調べておくことが大切だと思つて、其の方の研究にとりかかつたのです。ところが何時の間にか年を取つてしまつて、古事記に手をのばすことが出来なくなりました。あなたはまだお若いからしつかり努力なさつたら、きつと此の研究を大成することが出来ませう。

ただ注意しなければならないのは、順序正しく進むということです。これは学問の研究には特に必要ですから、先ず土量を作つて、それから一歩一歩高く登り、最後の目的に達するようになさい」

夏の夜はふけやすい。家々の戸はもう皆とざされてゐる。

老学者の言に感動した宣長は、未来の希望に胸ををどらせながら、ひつそりとした町筋を我が家へ向かつた。

其の後、宣長は絶えず文通して真淵の教えを受け、師弟の関係は日一日と親密の度を加えたが、面会の機会は松阪の一夜以後とうとう来なかった。

宣長は真淵の志を受け継ぎ、三十五年の間努力に努力を続けて、遂に古事記の研究を大成した。有名な古事記伝という大著述は此の研究の結果で、我が国文学の上に不滅の光を放ってゐる。

江戸時代の国学者、本居宣長は、「世界の中の日本」という概念を持っていた天才です。

宣長はわずか15歳の時に、中国4000年の歴史を10メートルの紙に書きました。中国の王朝、皇帝の推移を細密に図示し、易姓革命などで王統が断絶したら朱色の線を引くのです。

宣長は、長いけれどもブッ切りになっている中国という国の歴史に対して、万世一系途切れることなく続く日本の皇室の凄さに気づきます。そして、日本が中国に学ぶのは間違いではないのか、日本は日本の素晴らしさに気づくべきだと考えるようになるのです。

宣長の学問の根源にあるのは「日本とはなんだろう」という疑問でした。

17歳の時には、なんと伊能忠敬の日本地図ができる60年も前に、「大日本天下四海画図」という縦1・2メートル、横2メートルの日本地図を書き上げています。江戸に商人修行に行ったけれども挫折し、伊勢に帰ってきて書いたものです。

17歳の宣長少年が書いた地図には、3019もの地名が書かれていますが、行ったことのないところがほとんどです。松阪は、参宮に来る人々の宿場町でもありました。全国から来る人々のお国訛りに日本の広さと多様性を感じ、参宮客に聞き取りながら地図を作製したのです。

そんな宣長が、「古事記」を究めようと考えたのはなぜでしょうか。

神代からの日本の歴史が書かれている「古事記」は、奈良時代に中国から漢字を借りて当て字のようにして書かれています。

当時日本人はまだ、自分たちの文字を持っていませんでした。天武天皇が日本という国の成り立ちを書物にして国家という概念を内外に知らせようとして言葉にしたものを、稗田阿礼《ひえだのあれい》が記憶し、太安万侶《おおのやすまろ》が編纂したのです。

東アジアの独立国家としての日本を存在させるためには、国の成り立ちの歴史がなければなりません。白村江《はくすきのえ》の戦で負けた日本は、国が滅亡するかもしれないという危機を迎えていました。

そんな時代に天武天皇の言霊が刻まれたのが「古事記」です。

まさにやまとこころの結晶ともいえる書物なのです。

ところが、1000年の後の日本には、今とは違うルールで書かれた漢字を読むことのできる者が誰もいなくなっていました。

「古事記」と同時期に編纂された「日本書紀」は、同じ日本の歴史書ではありますが、外国に向けて漢文で書かれたものです。本居宣長は、外国語で書かれた日本の歴史では意味がないと考えました。「古事記」にこそ古の日本人の「声」が詰まっていると直感したのです。

日本は文字の国ではなく「声の国」である。そのことを見抜き、古事記の音霊を聴こうと取り組み始めたのは、宣長34歳のときでした。

古事記の最初の「天地初発之時」の「天地」という二文字を読むのに5年かかっています。あらゆる文書を調べ上げ、検証して、ついに「アメクニ」と読むのです。しかし、師の賀茂真淵は、「天地創造のときにクニという狭い仕切りをするのはおかしい、ここはアメツチと読むのがよい」と説きます。松阪の一夜でのことでした。

「天地」の二文字にかけた命がけの思いが出会いの深さを生んだのでした。まさに天才は天才を知るということでしょう。たった一度の会見で、それ以降一度もこの子弟が見《まみ》えることはありませんでした。もっとも、激しい書簡のやり取りは頻繁にしていましたが。

宣長が44巻の『古事記伝』を完成させたのは69歳のことですから、35年の歳月を捧げたことになります。しかし、宣長にもわからないところがあり、そこには「わからない」と書かれています。

自分の学問は、500年、1000年後に理解されればよいと言った宣長ですが、祖先のこころに自分のこころを重ね合わせ、日本の心をあきらかにすることの大切さを伝えて、次の世代へとバトンを継いでくれました。

宣長から200年、日本人としての根っこ、歴史を学ぶことは、未来を信じる心に繋がってゆきます。バトンを受け取るのは、いま日本人として生かされている私であり、あなたです。

●日本の成り立ちを知ることの大切さ

大東亜戦争敗戦の後に日本から葬り去られてしまったもの、それは神話です。ところが、実は日本というのは、それでもなお神話がいまも瑞々しく生きている国なのです。

神話によると、私たちの国はこのように始まります。

「天地の初めのとき、高天原になりませる神の御名は天之御中主の神、次に高御産巣日の神、神産巣日の神、みな一人神なりまして、身を隠したまいき」

「天地創造のとき、高天原にお出になったのは、アメノミナカヌシノカミでした。間もなくタカミムスヒノカミ、続いてカミムスヒノカミがお成りになりました。この三柱の神はいずれもひとり神でした。ひとり神とは男女の区別のない神で、すぐに御身をお隠しになりました」

『古事記伝』を著わした本居宣長は、「天地は一枚なれば、日本も外国も同一天地の内にあるので、別々にあるものではない。だから、その天地の始まりは万国の天地の始まりである。しかれば、古事記に記された天地の始まりのさまは、万国の天地の始まりのさまである。天地日月が国によって異なることの無いように、天地創造のときになり出給える天之御中主の神以下の神たちは万国の神たちに他ならぬ」と言っています。

私たちの先祖は、この世に現れる森羅万象はすべて、永遠なる高天原の神の世界の投影だと感じておられたようです。

人の肉体は、ひとときの乗り物。また、表現を変えれば「神の宮」でもあります。永遠の世界からやってくる、目に見えない魂こそ私たちの本体であり、生き通しで終わらない命を生きるのだと伝えてくださっているのです。

さらに、その魂は神の分け御魂であり、それこそが私たちの本質であるという真理を神話は語ります。

太古の時代、私たちの先祖は天と繋がり、宇宙の秩序で生きておられました。そして、天地・宇宙を創造した大いなる力に生かされている自覚をありありと持っておられたに違いありません。

目に見える世界が、目に見えない世界からやってきたものであると知り、その命の源流につながって生きていたのでしょう。自分たちが「被造物」であることの自覚をもって。

神の世界で生かされていたとき、私たちは「ひとつ」でした。やがて、私たちは「私」という錯覚を創り出し、神から離れて行ったのです。

しかし、それすらも神との「聖なる約束」だったのかもしれません。

私たちは、定められた期間、この世を生き、肉体を持たなければできない学びをさせていただくのですが、その学びの大半は「人間関係」を通して行われます。「国家」という人々の集まりも人々の想いの変化体であり、一人ひとりが違うように、国柄も違っていて、それぞれがつながり合い関わりあって存在していま す。

すべての魂にとって、最初に知るべきことは親のことと国のことです。家庭では、家族という民族の最初の関わりを学びます。両親や家族を愛することを知り、愛されている自分を知ります。

そうすることで、まず自分を愛することができるようになります。なぜなら、自分を愛せなければ、他人を愛することができないからです。

どの民族も、生まれてきた子供たちに初めに祖国の歴史について教えます。自分の国がいつ、誰によって、どうやってできたのか。
教育の始まりは、祖国愛に目覚めることからです。なぜなら、祖国を愛せない人は、他国を愛することなどできないからです。そしてそれは、国の成り立ちを知らなくてはできないことなのです。

私たちは、親を選び、国を選んで地球にやってきた魂です。日本という国の成り立ちを知ることは、日本に生まれた魂にとって大切なことです。いいえ、大切なことどころの話ではありません。人間としての根っこと言ってもいい、何よりも大切ことなのです。
それにもかかわらず、国連加盟国193ヶ国の中で祖国の建国を教えない唯一の国、それが今の日本です。

英国の歴史学者アーノルド・トゥインビーが、「およそ12歳までに祖国の歴史を教えられていない子供は、祖国を愛することができないし、民族の歴史を失った民族は、例外なく滅んでいる」と言っているのは、間違いのない事実なのでしょう。

私たちが選び、生まれたこの日本という国が、すばらしい神話と先祖に支えられ生かされて、今まさに世界で最も長い歴史を持つということを知り、その驚くべき事実に気づかなければならない時がきています。

●神話のはじまり、国生み

日本に神話はありますが、それは宗教ではありません。

一切の宗教を超越して、天の願っていることを知り、それを生きる時、真の幸せが得られます。

人は幸せになるために生まれてきました。天も一人ひとりの幸せを願っています。しかし、私たちの魂の設計図には「自分で自分を幸せにする」というプログラムはないようです。人類の歴史の中で、自分で自分を幸せにできた人はいないのです。

では、私たちの魂のプログラムはどうすれば幸せになれるようにつくられているのでしょうか。

幸せとは、他人を幸せにするとき、私たちの心に生まれる喜びのことです。人を幸せにしたとき、天から与えられるご褒美が「幸せ」なのです。他者のために命をつかっているとき、自分はいません。利他の心こそ、実は自分を幸せにできる道だと私たちの先祖は知っていました。

それで、神々の国である高天原を地上にも創ろうとして、私たちの先祖は祈り、日本という世界に類のない、人が大和し幸せに生きる「シラス国」を築いてくださったのです。

神話は、イザナギ、イザナミの二神の登場を告げます。

「吾が身の成り余れる処を汝が身の成り合わざる処に刺し塞ぎて国土を生みなさんと以為うは如何に」と、男女のまぐわいをもって、国生みをしようと申し入れるのです。

「あなにやし、え、をとこを」

イザナミがイザナギに「なんてすばらしい男でしょう」と声をかけて交わって生まれたのは、どろどろのヒルコでした。

国生みがうまくゆかないので、二神は天上界の神に相談しにゆきます。神が悩み、答えを探すのが日本の神話です。

すると天の神は、女が男に声をかけたのがよくないと言います。男が女を輝かせてこそ、二人の間に良きものが生まれるのだというのです。神といえども完璧ではなく、天の神、すなわち創造主の御心を聞き、それに従い成長してゆく姿は、子孫への大きなメッセージです。

再び、イザナギが「あなにやし、え、をとめを」

イザナミ応えて「あなにやし、え、をとこを」

こうして、大八洲《おおやしま》、日本の国が生まれます。

この後、イザナギが禊ぎした後に左目から生まれたアマテラスは、天地の真理の人格神、太陽の女神として神々と相談し、無限に広がる真の豊かさと、絶対善、光の国である高天原を地上に実現する国の具現化を目指すのです。

●「ウシハク」国から「シラス」国へ

実は日本も、力ある者が権力を持ち支配する「ウシハク」国でした。支配者の名はオオクニヌシと言います。オオクニヌシはすばらしい統治者で、国は富み栄えました。しかし、いくら栄えても力によって治められた世界は、争いの止まない覇道の世界です。

そんな「ウシハク」世界に、アマテラスがメッセージを送り届けます。それを持ち運んだのが高天原で一番の武神タケミカヅチです。タケミカヅチは、オオクニヌシにアマテラスが仰せになった言葉を届けました。

「汝ウシハクこの国はシラス国ぞとアマテラスが仰せである」

「シラス」とは「知らす」ということ。支配するのではなく、和することで治めていくのが日本という国であるというのです。

「ウシハク」世界が生み出すものを知ったオオクニヌシは自分の天命を知りました。国を譲ることにするのです。

しかし、ここで大切なことがあります。オオクニヌシは無条件降伏したのではありません。オオクニヌシの条件は、「私の拝する神をそのまま祀らせてもらいたい」ということでした。

人類の歴史のなかで、新しい統治者が以前の権力者の信仰を認めた例はありません。支配するということは、新しい価値観を強要することです。様々な依存の構図を作り上げることで支配者と被支配者をつくり、政治的にも支配してゆくのです。

とりわけ、信仰は人々の心の拠り所となります。ですから、支配者は必ずと言っていいほど、信仰を利用して宗教による人心の支配をしてゆきます。

「シラス」世界とは、愛そのものの世界です。

愛は、無条件です。
愛は、むさぼりません。
愛は、一方的です。
愛は、無制限です。

そして、愛は、無差別です。

私たちの天皇の祖先であるアマテラスは、オオクニヌシに彼らの信仰を認めます。宗教戦争をせずに、大調和、一切和合の心をもってゆるすのです。

オオクニヌシを祀る出雲大社は40数メートルもの高さの神殿があったことが、考古学によって明らかになっていますが、この出雲大社がアマテラスを祀る伊勢神宮よりも大きいのはその名残です。

「シラス」国は、どこまでも和する世界。戦争をせずに、国家を統一、そして建国するという奇跡の国。宗教戦争がなかった奇跡の国、それが、日本です。

伊勢神宮は、外宮を参ってから内宮を参るのが正式な順序と伝えられているのですが、それは一体どうしてでしょうか？

内宮に祀られているのは、天皇のご先祖様であり、最高神と讃えられる太陽神のアマテラス。まずはそこにお参りしてから他を参るのが、筋というものではないでしょうか。

外宮に祀られている神は豊受大神といって、丹後に祀られていた神を、アマテラスの食事を司るという理由で伊勢に移したことになっています。

私は、外宮に祀られているのは、日本建国以前に全国各地にあった国々に祀られていた神様だと感じています。

日本が統一されて、大和国が出来上がってゆくということは、天皇のシラス統治が広がってゆくということでもあります。それぞれの国々の神は、外宮に祀られて、大切にされていったのでしょう。

だからこそ、アマテラスに参る前に、ずっと昔から大切にされていた神々をお参りしてくださいというやまとのこころだと思えるのです。

日本が日本であるための大切な始まりである国譲りの神話は、「シラス」国の在り方を私たちに知らせてくれます。

●天上界から地上に神が降り立つとき

アマテラスは、天が願う愛の国の完成のために、自らの孫であるニニギを地上に降臨させ、瑞穂の国の民たちと共に心合わせるように命じます。

統治しなさい。
シラスのです。
幸せでいなさい。

そのような祈りをもって国造りを願われたヤマトです。「天の願いを地上に顕す」ということこそが、我が国の建国の発心だったのです。

アマテラスは、ニニギを降臨させる前に三つのことをお命じになりました。

三種の神器
斎庭《ゆにわ》の稲穂
天壌無窮《てんじょうむきゅう》の神勅

この天照大神の三大神勅は、忘れてはならない日本建国の背骨です。

まず、「三種の神器」。「八咫《やた》の鏡」は、アマテラスが天岩戸にお隠れになったときにアマテラスの姿を映した鏡です。アマテラスの魂が宿っている鏡を祀り、つながるように……。

第二には、天岩戸からアマテラスを招き出した八坂の勾玉。そして、第三に雨の村雲の剣。アマテラスの弟、スサノオが八岐大蛇の尾から取り出した剣です。困難に出会ったら、この剣を見て勇気を奮い起こすようにと賜ったこの剣は、後にヤマトタケルがこの剣を使い焼津で草をなぎ払い、炎の海から逃れたことから、草薙の剣と呼ばれるようになります。

そして、この三つの宝物は、今も天皇の御位のしるしとして受け継がれています。

いまなお、八咫の鏡は伊勢神宮内宮に、八坂の勾玉は皇室に、そして、草薙の剣は熱田神宮に祀られているのです。

次に、「斎庭の稲穂」には、国民を飢えさせてはならないというアマテラスの祈りが込められています。葦原を「瑞穂の国」に開拓して、暮らしをたてなさい。稲作によって、国を豊かにしてゆくのですよという神勅なのです。

「イネ」とはヤマトの音霊で「いのちの根っこ」という意味でもあります。ヤマト人のいのちの根っこが「稲」であることを知るとき、伊勢神宮でのお祭りの尊さ、皇居で天皇陛下ご自身がお手植えされている稲のありがたみが分かります。

そして、「天壌無窮の神勅」です。これこそが、日本建国の原点であり、天の願いといえましょうか。

「豊葦原の千五百秋の瑞穂の国は、吾が子孫の君たるべき国なり。皇ゆきてしらせ。幸くませ。天つひつぎの栄えまさんこと、まさに天つちとともに窮《きわ》まりなかるべし」

三島由紀夫は生前、この天壌無窮の神勅を、日本人にとってなによりも大切なものなのだと言いました。天照大神の祈りでもある天壌無窮の神勅を、いまの言葉にするとこういう意味になります。

「豊かな葦原である、我が両親が生みだした国は、秋になると瑞穂がたわわに実る、私の子孫が治めるべき国です。さあ、皇孫であるニニギよ、行ってシラス国にしてきなさい。そして、幸せでいなさい。我が子孫と、国民が和をもって瑞穂の国を治めてゆくなら、私の国は宇宙が存在する限り、地球がある限り栄えてゆくでしょう」

天照大神のこの祈りに支えられて、日本が生まれ、そして続いてきたことを知るとき、私たちの中に脈々と流れるヤマトの血潮が熱くなるのを感じずにはいられません。

この宇宙創造のエネルギーは「絶対善」の光です。そして、この地上界にも光の国を創造したいと願われた神の御心を実現するために、私たちは、神の分け御魂をいただいてこの世にやってきました。

先祖から脈々と流れるヤマト建国の想いこそ、光の国を地上に実現する日本の神話の根っこであり、命なのです。

さて、天孫降臨の場面を竹田恒泰氏の『現代語訳古事記』より引用します。

瓊瓊杵命《ににぎのみこと》は天之石位（高天原にある石の御座）をお離れになり、天の八重にたなびく雲を押し分けて、道をかき分けかき分けて、天の浮橋にうきじまり、そり立たせて（ここは難解とされています）、筑紫の日向の高千穂の、くじふる嶺に天降りあそばされました。

……中略……

そこでニニギノミコトは「ここは韓国に向かい、笠沙之岬《かささのみさき》に道が通じていて、朝日がまっすぐに射す国、夕日の日が照る国である。だから、この地域はとてもよい地だ」と仰せになって、地の底に届くほど深く穴を掘って、太い宮の柱を立て、高天原に届くほど高く千木を立てて、そこにお住みになりました。

このようにして、天照大神の孫が、葦原中国を治めるために、高天原から降っていらっしゃいました。これが天孫降臨です。

天上界から地上に神が降り立つという場面は、まさに神話のクライマックスともいえるでしょう。

神話というものは、それが事実かどうかという問題ではないのです。ニニギノミコトが実在したかどうかは、誰にも分からないことです。

それを天から人がやって来たからと言って、わざわざ宇宙人だと解釈する必要もないでしょう。たとえ話でなければ伝えられないことが、そこには必ずあるはずなのですから。

神話において大切なことは、その物語に込められた真実を受け止めることです。そこには、言葉では決して届けることのできない、先祖から子孫に対する魂を込めた祈りがあるのです。

分からないところがあれば、カッコに入れて飛ばして読めばよいのです。分からないことは分からないまま読み進め、頭で考えられる理屈理論を超えたところで、そこに込められた真実とご先祖様からの祈りを感じ、受け止めたいと私は願います。

日本は、地上での権力闘争や、武力による制圧、支配でつくられた国ではなく、和をもって統治される国であり、その中心には天孫の系譜である皇がおられる唯一の国なのです。

建国以来、２６７９年続く世界で最古の国日本。もしも、建国の理念や、天皇が間違ったものであったとすれば、とうの昔になくなっているはずです。日本が最も長く続いているのは、決して偶然などではなく、日本がいい国であり、天の願いに沿った、まさに神国だからなのです。

天孫を中心に仰ぐ美しい国、それが日本、私たちの国です。

●地上世界を「知る」

こうしてニニギは天孫降臨し、南九州にやってきました。ところが、ニニギは初代天皇となっていません。ニニギの曾孫であるカムヤマトイワレビコが、初代天皇・神武となっています。

どうしてアマテラスの孫のニニギは、シラス国をうちたてて、初代天皇とならなかったのでしょう。

ウシハク国造りであれば、戦い、征服したのかもしれません。しかし「シラス」とは「知る」の丁寧語です。アマテラスの子孫が「お知りになる」国なのです。天から降臨したニニギが、すぐにすべてを知ることはできません。

それゆえ、まず知らなければならなかったのです。

人が人を愛するためにも、まず相手のことを知らなければ何も始まりません。天上界からやってきたアマテラスの孫も、まず地上世界を「知る」ことから始めました。

神話は、そんな神の愛を物語ってくれるのです。

古事記は、こう進みます。

ある日、ニニギノミコトは、笠沙の岬で麗しい娘に出会いました。娘を見初めたニニギノミコトは「あなたは誰の娘か」とお尋ねになります。

娘は「大山津見神の娘で神阿多都比売《かむあたつひめ》、またの名を木花咲耶姫神《このはなさくやひめ》ともうします」と答え、ニニギノミコトが兄弟についてお尋ねになると「姉の石長比売《いわながひめ》がおります」と申し上げました。

大山津見神は、山ノ神です。日本を上空から見るとき、平地よりも圧倒的に多いのが隆々たる山々です。ニニギは、日本を知るにはまず山の神と縁を結ぶのが良いだろうと考えたのでしょう。

そこでニニギノミコトが「私はあなたと結婚したいと思うが、どうか」とお尋ねになると「私から申し上げるわけには参りません。父の大山津見神が申し上げるでしょう」と答えました。

ニニギノミコトは早速、その父の大山津見神のところに使いをやると、大山津見神は大いに喜び、木花咲耶姫神に姉の石長比売を添えて、たくさんの嫁入り道具をもたせて送り出しました。古代では、結婚は家同士の結びつきなので、一人の男性に姉妹が同時に嫁ぐ姉妹婚はよく行われていたのです。

ところが、容姿端麗な木花咲耶姫神に対し、姉の石長比売はとても醜かったのです。

初めて会ったニニギノミコトはその醜さに驚き恐れ、その日のうちに石長比売を実家にお返しになりました。そしてその晩、妹の木花咲耶姫神だけを留まらせ、交わりました。

姉妹を送り出した父の大山津見神は、石長比売だけが送り返されてきたので、大きく恥じ、次のように言いました。

「私が二人の娘を並べて差し出したのは、石長比売を側においていただければ、天つ神の子の命は、雪が降り、風が吹いたとしても、常に石のように変わらず動きませぬように、また、木花咲耶姫神を側においていただければ、木の花が咲くように栄えますようにと、願をかけて送り出したからです。このように石長比売をお返しになり、木花咲耶姫神ひとりを留めたのですから、今後、天つ御子の命は、桜の花のようにもろくはかないものになるでしょう」。

これ以来今に至るまで、天皇の御命は限りあるものとなり、寿命が与えられて短いものとなったのです。

元来神々には寿命がありませんでした。

火傷でお亡くなりになったイザナミの神のように、事故で黄泉の国に旅立たれる神はありましたが、寿命で亡くなることはありませんでした。

ところが、神と人間が交わって、寿命ができたと古事記には書かれているのです。

神の子が人の娘と結婚するというエピソードは世界中の多くの神話に散見され、私には時に同じ気配が感じられます。しかし、不思議は詮索しないでおきましょう。

●建国の理念「八紘一宇」

天孫であるニニギは、まずもっとも多くの陸地を支配する山の神、大山津見神と関係を持つことから始め、ニニギの息子、火遠理《ほおり》はワダツミの神、すなわち海の神と縁を結びます。

山と海の神との縁を結び、地上界のことを「お知りになった」ので、いよいよ火遠理の孫、ヤマトイワレビコは神話の里、南九州から東へと向かうのです。

古事記は「シラス」世界の完成のために、いかに我らの先祖が努力してくれたのか、いくつものたとえ話を通じて今に伝えてくれています。そこには、どんなに時代が変わっても決して変わらない本当のことがあるのです。

ニニギの曽孫にあたるカムヤマトイワレビコは、兄の五瀬を擁して日向から東へと上って行きます。飛鳥で強大な権力を持つニギハヤヒ、そして長髄彦《ながすねひこ》を平定するため、高千穂を発ち、宮崎は美々津から船団を仕立てて出航するのです。

数百の兵士を乗せて行くため、20隻の船を作らなければなりません。このためイワレビコ一行はしばらく美々津に滞在しました。そして、いよいよ出航となった時、当初は昼間に出航予定していたのですが、良い風が吹いているうちにということで、明け方の出航となったのです。

ミカドに召し上がっていただく食事をつくる時間がなく、美々津の里の人たちはあわてて米の粉と煮た小豆を混ぜて蒸した団子を差し上げたと伝えられ、この「お船出団子」は、今も美々津の名物となっています。

私が訪ねたとき、美々津の皆さんが「お船出の歌」を歌いながら「お船出団子」を作ってくださいました。古の神話の香りがする、懐かしい味でした。

さあ、イワレビコさまが出発なさる。里の人たちは、ミカドの出発を見送るため、早朝まだ寝入っている家々の戸を叩き「起きよ！　起きよ！」と起こして回りました。

今でも美々津では、旧暦の8月1日に「起きよ祭り」が行われ、早朝に子どもたちが家々の戸を叩き「起きよ！　起きよ！」と起こして回ります。

また、港へ向かうイワレビコの着物の裾がほつれていて、里の女はお直ししたいのですが、急いで出発するため時間がありません。そこで、ミカドは立ったままの状態で縫ってほつれを直したと伝えられています。美々津にはそんな言われの残る「立ち縫いの里」という場所があります。

神話の里では、こうして忘れてはならない日本の大切なことが、伝え続けられているのですね。

さて、こうして海に出たイワレビコ一行は、瀬戸内海を通り播磨灘、明石海峡と困難な船旅を続け、ついに大阪、河内につきます。ところが、皇軍が上陸しようとすると、強力な長髄彦の軍団に攻撃され、撤退を余儀なくされます。

しかも、その戦いで、イワレビコの兄、五瀬は戦死します。イワレビコは嘆き悲しみ、自らを反省するのです。

太陽神、天照の子孫であるのに太陽に向かう進路をとって攻めようとしたのが間違いだった。紀州を大回りし、熊野から上陸して奈良に入り、太陽を背中に受けて長髄彦の軍団と戦わねばならないとイワレビコは悟ります。

航路を変えて、紀州は熊野に上陸したイワレビコは、巨大な磐座で祈ります。雄叫びの祈りをして、天照に誓うのです。

「いよいよこれから長髄彦との戦いに向かいます。天照さま、どうぞ天上界からのご支援よろしくお願いします。民を一つにまとめあげ、神が願うような国を建国します」

するとから神の霊が注がれ、イワレビコは霊的な人に変えられるのです。

イワレビコの霊的な転換が行われなければ、彼は初代天皇「神武」として即位することはなかったでしょう。そして、126代続く天皇は生まれなかったに違いありません。

イワレビコの霊的転換が我が国の建国、「シラス」国の誕生に大きな意味を持つのです。歴代天皇も霊的転換をして、人から天皇へと変容されてゆくのですから。

この場所は、和歌山の新宮でゴトビキ岩と呼ばれる、イワレビコが雄叫びの祈りをした巨石を御神体とし、天照大神を祀る神倉神社となりました。

神の霊に満たされて、道無き道を進むイワレビコの一行に、神はヤタガラスを遣わし、道案内をさせました。そして、いよいよ敵陣にたどりついたイワレビコは、最後の決戦に臨む前に天照大神を祀り、祈りに祈ったのでした。

長髄彦は強く、苦しい戦いになりました。イワレビコは最後には武器を投げ捨てて雄叫びの祈りをします。

「これは天が願った国を、この地上に建国するための戦だ。天照大神の願いを実現するための戦いである限り、ウシハク者たちに敗れるわけにはいかない。神よ、我を助け給え！」

そのとき空が一面にわかに掻き曇り、雲の切れ間から一条の光が射します。その光とともに金色の鳶が飛んできて、イワレビコの弓に止まると燦然と輝きだしたではありませんか。長髄彦の兵士たちは、そのあまりの神々しさに畏れ、ひれ伏し、かくして血ぬらずして戦いは終わったのでした。

こうしてイワレビコは、橿原に宮を築き、天照大神から受け継いできた三種の神器を祀りました。そして、即位して初代、神武天皇となったのです。

イワレビコは建国宣言します。

キリスト紀元前６６０年前の2月11日のことです。この日はいまも建国記念の日として残されています。

これほどまでに貴い建国の物語を持つ国が、世界のどこにあるでしょうか。私は、この場面を心に描く度に、日本に対する誇り高い思いが湧きあがってきてなりません。

神武天皇はアマテラスが願った「シラス」国の建国に際し、その理念を

「八紘一宇《はっこういちう》」という言葉で表しました。

八紘一宇とは、「人類は同じ屋根の下に暮らす家族なのだ」という壮大な神の愛を表す言葉です。

家族において、家長が家族から搾取するなどということは考えられません。一番強い者が、見返りを求めることなく弱い者のために働く制度を家族というのです。

我が国の家長である天皇は、国民を搾取する王ではなく、神の国をこの地上に表そうと願った天照大神、それを成し遂げ「シラス」国の建国宣言をした神武天皇の祈りを受け継ぐ大祭司なのです。

「ウシハク」国は弱肉強食です。強い国が弱い国を搾取し虐げます。力によって無理を通し、道理を退けます。目的を達した者が正義なのです。

天照大神は天壌無窮の神勅で、「もしも戦うこととなっても、滅ぼしたり支配したりしてはならない。大きな調和を持った「シラス」心で統治するように」とお命じになっています。

「八紘一宇」とは、この天の想いを地上に現すための理念であり、国が乱れた時にはこの理念に立ち返ることで、祖先たちは我が国を守り支えてきたのです。

●いまもなお生きている宮で

世界で最も歴史のある国、日本。

その日本で、建国の歴史、神話、天皇のことを教えられなくなってついに70年が過ぎました。祖国に誇りを持てなくなった人々は、いつしか自分を粗末に扱うようになりました。

毎年3万人もの人々が自殺するようになりました。自分を愛せなくなってしまったのでしょうか。

自分の生まれた国をバカにしているうちに、自分に対する誇りをも持てなくなってしまうのかもしれません。祖国を愛することも教えられず、どうして自分を愛することができるのでしょうか。

それでも、自殺を減らそうというキャンペーンがうたれ、発表される数字は少しずつ減っています。

でも、実はその間に「遺書がないものは自殺にカウントしない」というルールができていて、自殺者の数は減ったのですが、遺書のない「不審死」は、なんと年間に15万人にものぼるといいます。

しかし、日本人として生まれるということは、とても大きな使命があるはずなのです。世界で最も歴史あるシラス国の仲間として生かされるわけですから。

そして、そのシナリオは生まれる前から「聖なる約束」として一人ひとりが持っているはずです。

だから、思い出せばよい。
２０１６年5月26日、伊勢でサミットが開催されました。伊勢神宮の境内で、あの神域を世界7カ国の首脳たちが歩く姿。宇治橋で安倍総理が、首脳のお一人お一人をお迎えし、最後のオバマ氏と抱きあいながら宇治橋を渡って行くあのシーンを見た時、私は感動に震え、胸が詰まる想いがしました。

伊勢神宮の御垣内で首脳たちがどんなふうに参拝されたかというのは、一切報道されていませんが、今回の祈りがどれほど重要な意味があったか、やがて歴史が証明してくれることでしょう。
神宮の鷹司大宮司は、6月6日の神社新報に、このようなコメントを出しておられます。

「各首脳には、神宮の凜とした空気に触れ、日本の精神文化を直に感じていただいたことはたいへん意義深いと存じます。
また、御神前では首脳各位が御垣内に進まれ、我が国の伝統にそった形で表敬いただいたことに対して深甚なる敬意を表します。これを機会に『自然』『平和』『祈り』が調和している日本の文化が、国際平和と発展に貢献できることを願います」

世界の首脳が伊勢神宮正式参拝をされました。
世界の首脳が、アマテラスに頭を下げたのです。

この瞬間、日本の伊勢が世界の伊勢になりました。

宗教の定義は、「教祖がいること」「教義があること」「経典があること」だと言われます。日本の神道はこのどれにも当てはまらないので、世界では宗教のカテゴリーに入らないのです。だからこそ、サミットで世界の首脳が集えたのかもしれません。

伊勢でサミットが行われたことが、実に象徴的な出来事と思えてならないのです。一切の宗教の枠を飛び越え、宗教戦争をしたことのない日本が、世界の灯明台となる。そんなヴィジョンが私には見えました。

世界中の多くの祈りの場が遺跡となっている中、神宮は神話のすべてを抱きながら2000年、そして今もなお生きている宮です。この宮にいよいよ光が当たり、その伊勢から世界へと風が吹いたということなのです。

このことの意味を、日本人は自覚しなければならないのではないでしょうか。

私は、伊勢の国に生まれ育ち生かされてきましたが、42歳まで神宮が伊勢にある意味も知らずに過ごしてきました。誰にも教えられなかったのです。

民族の歴史を知らないということはその仲間ではないと気づかされたときから、私は「日本人になりたい」と切望するようになりました。

46歳のとき、伊勢にある修養団の故・中山靖雄先生の導きで、伊勢神宮、神嘗祭に参列させていただきました。真夜中、天照大神にその年に採れた稲の初穂を捧げる、神宮で最も大切なお祭りでした。その夜の体感が、私の中に眠っていたやまとこころのスイッチをオンにしてくれたのです。

それ以来、「やまとこころのキャンドルサービス」と名づけて、神話のこと、伊勢のこと、日本のことをお伝えする講演を全国各地でさせていただいてきました。また、全国から海外から伊勢に集われる方々を正式参拝にお導きさせていただいたりもしてきました。

念願かなって世界の首脳が伊勢神宮を正式参拝され、しかも、サミットの翌日には米国の大統領が広島を訪問するというではありませんか。私は感謝しました。八百万の神々に、魂の底から感謝しました。

そして同時に、もうこれで私の伝道師としての役割もきっとひと段落したのに違いないと思い、講演活動を終えようと決めたのです。

ところが、そんな自分の考えとは関係なく、私の願うことではない、私に願われていることが始まってゆきました。それは終わりではなく、始まりだったのでしょう。

魚に水がみえないように、
鳥に空気がみえないように、
日本人に日本が見えていません。
日本人は民族の誇りを取り戻さなければなりません。
日本は世界の灯明台とならなければならない、その役割があるのですから。

第2章　天皇は祈りの人

●祈りと行動が国を守る

「日本書紀」に第16代仁徳天皇の物語があります。

天皇陵造営の労役や国内の平定、朝鮮遠征等の出費で国民が貧しくなっているのではないかと心配しておられた大君が、宮の高台から四方を見わたしたとき、朝げの時刻だというのに御飯を炊く煙が立ち上っていません。

「民は食事を作ることもできないのか……」と嘆いた大君は、三年間労役や租税を免除すると詔を出されました。大君は祈りとともに自らも質素に暮らし、宮殿は荒れて雨漏りもひどいあり様だったそうです。

そうして三年の時が流れ、国民のかまどの煙が上がるのを見た天皇の御製です。

高き屋に　のぼりて見れば　煙たつ　民のかまどは　にぎはひにけり

「民が豊かになるのが私が豊かになることだ」と仰る天皇に、「宮殿の屋根も破れ、ふすまも雨に濡れ、食べるものにも乏しいのに豊かなのですか」と不満げに皇后が問います。すると天皇は「民に食するものがあれば、私は豊かな気持ちになる。大神がおられて、民がある。民が飢え、不幸になることのないように大神に祈るのが私の使命である」とお応えになったそうです。

その秋、国民の代表が宮を訪問し「国民は豊かになりました。その反面、宮の建物が荒れ、倉にはほとんど何もありません」と課税を申し入れました。しかしこのとき天皇は、さらに免税を三年間延長されたというのです。驚いた国民代表がその訳を尋ねると「その三年が明けたら、存分に働いてもらおうと考えているからである」と仰ったそうです。

その三年が明けた年、大君は大阪湾から潮が逆流して国民の住まいや田畑が被害を受けないように、治水工事を命じられました。

この工事にはもちろんのこと、国民は、競うようにして宮の修繕に駆け参じたといいます。

仁徳天皇の御代から900年ほど後の1274年と1281年、二度にわたって元という国が日本に攻めてきました。

13世紀のはじめアジアからエジプトの近くまで広がる大帝国を打ち建てたチンギス・ハン、そしてその孫のフビライ・ハンは現在の北京を都とし、国を「元」と名付け、朝鮮半島の高麗を支配します。

そして高麗の使者を先導として、鎌倉幕府に対し、元に服従するよう使者を送ってきたのです。

執権の北条時宗はこの時17歳、誇り高きサムライは元の申し出は無礼千万と、使者を切り捨ててしまいます。

これに怒ったフビライは、4万の兵と900隻の船で襲来し、対馬、壱岐を占領しました。住民を虐殺し、日本軍が弓矢を放てないようにするために、女性たちの手首に針金を通して生きたまま船首に吊るしたといいます。

そのうえ、元の「てつはう」という爆薬や毒矢での集団戦法に対し、鎌倉武士は馬に乗って一騎打ちという戦法です。

攻め込まれ、後退させられる日本軍。しかし、元軍がひとまず船に戻ったところ、それに合わせるかのように暴風雨が博多湾を襲います。大被害をこうむった元の軍勢は、退却を余儀なくされたのです。

その後、鎌倉幕府は国防を強化し、博多湾に面する海岸線に高さ3メートル、長さなんと40㎞にわたる石の堤防を築きます。

第一次元寇、すなわち「文永の役」から7年後の弘安4年夏（1281年）、今度は10万を超える元の軍勢が、九州北部を目指して襲撃してきました。ところが、元の軍勢は容易には上陸できませんでした。国防のために幕府が築いた石の堤防が、阻んだのです。

その行動に、亀山上皇の祈りが重なります。

天皇は、全国におふれを出します。

「国難ここにあり、全国民心を合わせて日本を守るため祈れ」

また、伊勢に勅使を走らせて神宮に直筆の祈願文を捧げています。神宮に亀山上皇からの手紙が残っています。そこには、こう書かれています。

「我が身にかえて国難を救いたい」

国家存亡の危機のとき、我が身を国家のために投げ出して日本を守ってくださるのが天皇です。それがアマテラスの子孫の姿です。かたじけなさに涙こぼれます。

亀山上皇の御心を受けた神官たちが伊勢神宮で祈っていると、風日祈宮から茜色の雲が巻き上がり西の空に飛んだという記述が残されています。

やがてそれが博多湾にゆき、「神風」として元の船を葬り去ったというのです。

以来、伊勢は神風の国と呼ばれるようにもなりました。

博多湾に築いた石の堤防で上陸を阻み、夜襲をかけ、敵船に乗り込み攻めたあげく、船に火を放ち引き上げる作戦の最中、再び暴風雨が襲い、元軍は4分の3の軍勢を失って敗走しました。

これが元寇です。

ところで、福岡の志賀町には元寇で戦死した使者を弔う「蒙古軍の供養塔」があります。

日本人に対してむごい殺害をし、日本を征服するためにやってきた敵軍の死者であっても、亡くなれば敵味方なし、これがやまとのこころなのです。

●天皇は祈りの人

天皇は、祈りの人です。

天照大神から脈々とつながる天孫の大君の祈りが、いまも我が国を護り導いています。

宮中での一年の最初の祈りを「四方拝」といいます。

大晦日に身を清めた天皇が、特別な衣装を身に纏い元旦のまだ夜も明けぬころからたった一人、皇居の宮中三殿の神嘉殿の南庭の御座で、伊勢の神宮の内宮と外宮、つまり皇祖天照大神と豊受大御神を拝され、続けて四方の神々を拝されるのです。

このとき天皇は、このように祈られるのだとお聞きしたことがあります。

「この一年、我が国に災いが来ませんように。国民が平安でありますように。だが、もしも災いがくるなら、この私を通ってゆくように」と。

大きな災害がおきて、多数の人々の命が失われるようなことがあると、陛下はお籠りになり、「この災いは自分の不徳のなすところです。申し訳ありません」と皇祖皇宗、神々に詫びておられるということを知らされました。

先の東日本大震災の後に上皇陛下が「自主停電」をされていたお姿も、まさに愛のお姿でした。

当時77歳だった上皇陛下は、以前にがんの手術も受けられていました。それなのに「寒いのは着れば大丈夫」と、停電の間は暖房も使われませんでした。ろうそくや懐中電灯を使いながら、暗い中で夕食をとっておられたのです。

私たちヤマト人の宝は、物でもお金でもありません。

私たちヤマト人が、神話の昔から世界人類すべての平和を願われる天皇という大君のいます国に生まれたという事実です。それこそが、何にも変えられない宝物なのです。

神武天皇は建国のときに「八紘一宇」の精神でヤマトの国を創りました。すべての人びとが、一つ屋根の下の家族なのだという素晴らしいお心です。

神様が願った世界を、この地上にあらわすために建てられたヤマトの国。そして、どんな時代の中にあっても、どこまでもヤマトの平安と国民の幸せを願われ、そのためにはご自分の命までも差し出してくださる天皇がいますこと。

私たちはヤマトの国として、このことを知り、語り伝えてゆかなければなりません。

●ウシハク世界の台頭

ヤマトの国では、天皇と国民とが心を合わせ、国を守るために祈るとき、天が応え、我が国は護られてきました。

しかし、その一方で、ウシハク国々に世界中の有色人種の国々が次々に植民地として支配されてゆきます。アフリカでは、人間が動物以下の存在として扱われ、奴隷として世界中に送られてゆくのです。

力による支配が世界に広がり、世界はウシハク世界になってゆきつつありました。

それを支えたのは「キリスト教」という、イエスの生き方とは似ても似つかぬ恐ろしい宗教団体でした。支配者に都合のよい教えとして聖書を利用したのがキリスト教という宗教なのです。

神の名のもとに、自分たちだけが特別だと決めつけ、有色人種を徹底的に差別した、ウシハク世界の台頭が続いてゆきます。

武田信玄と上杉謙信が川中島の合戦をする60年ほど前、ポルトガルとスペインは両国で地球を二分割して統治するという、とんでもない取り決めをしています。

ポルトガル国王に命じられたヴァスコ・ダ・ガマはリスボンを出航、アフリカ南端の喜望峰を回ってインドに到達し、その航海で到達したすべての陸地を領土にする許可をローマ法王が与えているのです。

また、スペイン女王の援助を得て、コロンブスはスペインから西インド諸島、キューバ、そしてその後にアメリカ大陸に到達しました。

キリスト教の新興勢力プロテスタントに攻められたカトリックは、アジア、アフリカなどでの布教を強いられました。カトリックを広めるポルトガルとスペインは、アジア、アフリカ、南アメリカを征服し、貿易を独占し、原住民を奴隷にしてゆきました。

カトリックの世界では有色人種は動物以下の価値であり、キリストの名によって殺すことも許されていたのです。

1521年、祈りを中心としたシラス国であった中南米のアステカ帝国は、コルテス率いるスペイン軍に滅ぼされ、1532年、高度な文明をもったシラス国インカ帝国もピサロ率いるスペインに滅亡に追いやられました。

インカの王はスペイン軍に国内の金を差し出し、国民たちに手荒な真似をしないでもらいたいと懇願しました。

スペイン軍は、インカ帝国の王にキリスト教への改宗を迫ります。

もしキリスト教に改宗しなければ、それぞれの足を馬に縛り付け、二頭の馬を逆方向に走らせて身体を裂く。キリスト教に改宗すれば、火あぶりにしてやるという恐ろしい条件だったのですが、結局王はキリスト教に改宗した上、焼き殺されることになりました。

一方、ブラジルに侵攻していったポルトガルは、すでに領土としていたアフリカから大量の奴隷を送り込み、過酷な労働を強いて、ブラジルを世界最大のサトウキビ畑にして利益を独占しました。

これがキリスト教、カトリックのウシハク世界なのです。

●自らの手で独立を守った有色人種の国

このようにして、世界を二分しようとしていたキリスト教国、ポルトガルとスペインは、ちょうど豊臣秀吉が天下人だった時代に、日本をどちらのものにするかで激しく争っています。

支配の先達は、イエズス会という宣教部隊です。種子島に上陸したスペイン人のフランシスコ・ザビエルは、日本の人々をキリスト教に洗脳しようと早速活動を始めます。

川中島の合戦の4年前、1549年のことです。

種子島に上陸したザビエルは、島の人にキリスト教を説きます。キリスト教を信じ、洗礼を受ければ天国に行ける。しかし、そうでなければ地獄に落ちると宣教しました。

島の人々は興味深く聞き、地獄に落ちたら大変だと思わされます。

「キリストを信じたら天国、信じなかったら地獄なのか?」

そうだと答えるザビエルに、島の人は言いました。「信じたら救われるのか? この教えを知らないものは地獄か? 俺の親やご先祖も地獄にいるのか?」

「そうだ、知らないものは地獄だ。お前はこの教えを知ったから救われるから、キリスト教徒になれ」と迫るザビエルに、島人は言いました。

「俺の死んだ両親は、こんな話、知らなかった。じいさんたちも、ご先祖も聞いたことなかったにちがいない。もし、俺だけが信じて救われるならそんなことはできない。俺だけひとり救われるくらいなら、俺もご先祖と同じところにいく」

ザビエルは、当時の日記に「日本での布教活動に挫折するかもしれない」と書き記しています。
シラス国の人々の心は、ウシハク国々の人には計り知れないほど、深く温かいものでした。自分はさておき、人の幸せを願う心こそ我が国の宝です。ときには自分の命を差し出してでも、公のために奉じるのがシラス国の民だったのです。

しかし、やがて宣教師に心をとらえられ、洗礼を受ける大名も現れました。美しい教えとうらはらに、カトリック教国のポルトガルとスペインの本当の狙いは日本を植民地にすることですから、着々と貿易と布教を推進してゆきます。キリシタン大名が教会に土地を寄進したり、キリスト教信者によって神社やお寺が焼かれたり、挙句の果てにはポルトガル商人が、日本人を奴隷として輸出し始めたのです。

1454年1月8日、ローマ教皇はポルトガル国王に対し、異教の国のすべての領土と富を奪い取り、その住民を終身奴隷にする権利を与えています。

徳富蘇峰《とくとみそほう》の『近世日本国民史 豊臣氏時代』にレオン・パゼーが記した「日本耶蘇教史」の文書が引用されています。

「ポルトガルの商人はもちろん、その水夫らの賤しき者までも日本人を奴隷として買収して、携え去った。而してその奴隷の多くは船中にて死した。それは彼らを無闇に積み重ね、極めて混濁たるうちに篭居せしめ。而してその持ち主らが一たび病に罹るや、これらの奴隷には一切頓着なく、口を糊する食料さえも与えざる。

水夫らは、彼らが買収したる日本の少女と淫蕩の生活をなし、あえて憚ることなく船中の自個の船室に少女らを連れ込む者さえあり。日本人少女は、ポルトガル人に使われていた黒人奴隷に買われるほど安く売られていた」

日本人奴隷は、なんと鎖に繋がれて家畜のように運ばれていったのです。

ルイス・フロイスの1588年の記録によると、薩摩軍が豊後で捕虜にした人々の一部は島原半島に連れて行かれ、時に40名がひとまとめにされて二束三文で売られたと記されています。

他の宗教とは一切共存できないのが、一神教のキリスト教です。ウシハク為政者と結託し、ローマ教皇のお墨付きと圧倒的な武力を背景にして異教徒の国々を侵略し、異教徒を拉致して奴隷として売り飛ばし、その信仰と文化を徹底的に破壊していきました。

それにもかかわらず、いまの日本の教育は、この時代の我が国を、キリシタンを弾圧した野蛮な国であったかのごとく教えています。

キリスト教はウシハク世界の思想に乗っ取られた危険な宗教である。日本人の心根とは違う、日本を滅ぼすかもしれないものであると時の日本の為政者たちは感じ取りました。この直観力もヤマトの素晴らしさでしょう。

カトリックの宣教師たちは今に不満を持つ人々を巻き込み、「死んだらパライソ（パラダイス・天国）に行ける」と洗脳しました。そうすることで、拷問されても虐殺されても、いや、迫害すればするほど燃えあがってゆく、危険な宗教となっていったのです。

それはまるで、イスラムの自爆テロと同じようです。毒ガスを撒いて無差別殺人を実行した新興宗教のカルト集団よりも、はるかに恐ろしいキリスト教宣教師たちでした。唯一絶対の神を崇める宗教は、麻薬のような毒薬なのです。

これらのことを知った秀吉は激怒し、宣教師を追放する命令を出しました。知られていませんが、朝鮮出兵は、奴隷となって売られていった同胞を救出するための行動でもあったのです。

秀吉は、ローマカトリック、ポルトガルとスペインが南米でアステカ文明やインカ文明を滅ぼしたのと同様、いずれ日本を武力で制圧に来ると見ていました。

カトリックの理論によれば、救世主は野蛮の民をカトリックに改宗させ、霊魂を救済するように命じたのです。だから、宣教師は海外の布教地で尊ばれなければばならないし、彼らの声に聞き従わない者に対する戦争は正当なものであるということになります。

キリスト教会は、異教徒をカトリックに改宗させることに抵抗し、宣教師を迫害するものを殺すことは「正義」だというお墨付きを出していました。これはすなわち、秀吉の宣教師追放令が、日本に対する正当な戦争の理由となるということです。

しかし、秀吉はスペインの頂点にいたフィリップ2世に対し、日本は一歩も引かず対抗すると書状を送りつけています。スペインが中国（明）を植民地化して日本に攻めてくると考えた秀吉は、300年前に元に攻めてこられた脅威と同じものを感じていたに違いありません。

1600年、関ヶ原の戦いで東軍が勝利し、1603年、徳川家康が征夷大将軍となります。その年から1867年の大政奉還、王政復古の大号令、そして1868年に明治が始まるまでの265年が、江戸時代と呼ばれる武家の時代でした。

キリスト教の仮面をかぶって征服に来る国々から守るため、日本は長崎の出島を唯一の世界との窓口にし、日本征服の意思を持たないオランダとの交易だけを認めました。

私たちは学校で、日本は鎖国をしていたから、世界の文明から取り残された、遅れた国だと教えられました。閉鎖的な江戸幕府は野蛮な遅れたものであり、西洋文明はすばらしいものだった。だから、遅れた日本が、進んだ西洋の文明を取り入れるために頑張らなければならなかったのだと……。

とんでもない話です。

日本は、神話から繋がる天皇の国です。

この神話から繋がった、天の国を地上に降ろそうというこの美しい願いを持ったシラス国が、武力を持ったウシハク国にやって来られて征服されそうになりました。

そんな中、日本はシラス天皇を中心に抱き、天皇に任命された統治者が知恵のある政治をすることによって国を外敵から守り抜きました。そうして、唯一植民地支配されることなく自らの手で独立を守った有色人種の国、それが私たちの国、日本なのです。

●明治維新とは文明の衝突

江戸時代が終わりを迎える頃、当時世界中の有色人種の国で植民地になっていなかった国は、タイなどの数カ国はありましたが、実質的に自らで独立を守っていたのは日本だけでした。

そんな日本をどんなことがあっても支配したいという、欧米の国たちが日本にやってきて、日本をウシハこうとしたのです。

ウシハク世界とシラス世界の、文明の衝突です。

8世紀から19世紀にかけて、アジア諸国は次々と欧米の植民地になってゆきます。

そして、ついに嘉永6（1853）年6月、日本に黒船がやってきました。科学技術と工業の進んだ西洋の文明がやってきたのです。これは、遅れていた日本に近代化という新しい波が押し寄せてきたのではなく、ヤマト人とは別の性格を有する文明の襲来であり、そこに生じたのは文明の衝突でした。

ヤマト人は、天の理を知り、目に見えない「美徳」を大切に生きてきました。森羅万象に神々が宿ると感じ、手を合わせ、八百万の神々とつながって西洋とは異なる原理のもとで独自の世界を開拓し、国家を運営してきたのです。

江戸時代は、日本独自の成熟した近代国家だったと言えましょう。

一方で、世界を動かすのは人間の「意志」であり、その手段は「力」であるというウシハク信仰が、西洋文明の原理です。

「意志と力の文明」である西洋と、「天の理と徳の文明」のシラス国であるヤマト人とが武力をもって対決すれば、力の文明が強者になることは火を見るより明らかでした。

そこで長州の志士、吉田松陰は立ち上がりました。

彼は、「海外の知識や軍事力を取り入れなければ国を滅ぼすことになる」と考えており、日本の国力を養った後、ヤマト人としての誇りを失わぬよう欧米諸国とも対等に関係を持つべきだと唱えました。

また、それと同時に、この国難に際し、徳川将軍は天皇に権力を返還しなければならない。そのために、まずは日本に押し入ってきた欧米人はいったん追い出さなければならないし、神聖なる天皇が本来果たすべき統治のお役を取り戻さなければならないと論じました。これが「尊皇攘夷」です。

「皇国に生まれて、皇国の皇国たる所以を知らずんば、何をもって天地に立たん」この心をもって「松下村塾」で若者の指導をした松陰でした。

しかし、「松下村塾」で吉田松陰が若者の指導をしたのはわずか1年あまりです。

「身はたとひ　武蔵の野辺に　朽ちぬとも　留め置かまし　大和魂」

この辞世の句を読み、松陰は29歳で処刑されました。

彼は、自分が願ったことは何もできませんでした。

海の外から来る力の国を知らなければ日本は滅びてしまう。だから、まず外の国を見なければならないと言って、松陰は黒船に忍び込み密航しようとまでしたのです。

しかし、結局捕えられ、送り返されて、首をはねられて殺されてしまいます。

産みの苦しみの中、難産で死んでしまった母のような松陰でしたが、生まれた弟子たちは松陰の願いを叶える志士として立ち上がってゆきました。

松陰は、虚しい言葉や理想論を並べるのではなく、行動と血によって弟子を教育したのです。

松陰が死んでも、その志を受け継いだ弟子たちの命懸けの活躍によって、日本はやまとこころを失うことなく、シラス国でありながら相手方の強い力を取り入れわが力とするという驚くべき課題を引き受け、ヤマト民族の存続の道を歩みました。

一人の人の夢は、その人が死ねば消え去ってしまいますが、志というものはその人が死んでも継承されてゆくものであると、松陰は教えてくれました。

明治維新とは何と劇的なヤマト人の変容であったことでしょうか。日本は王政復古、つまりふたたび天皇中心の近代国家として歩み始めます。ウシハク国々に日本は屈しませんでした。名もなき志士たちが、日本よ永遠なれと、自らの命を投げ出して日本を守ったのです。

ペリー来航の時、孝明天皇は23歳であらせられました。天皇中心の国体に戻る大転換、一切の国難を一身に背負われるようにして36歳の若さで崩御されたのでした。

そして、1867年2月13日、孝明天皇の死去から二週間後、14歳の睦仁殿下が皇位にのぼりました。明治天皇の誕生です。

若き天皇は、国家の立て直しに際して「王政復古の大号令」を発し、天皇の権力を回復し、将軍からは官職も領地も一切取り上げるという宣言をなされました。

この「大号令」は、「神武創業ノ始メ」に規範をとると、天皇が述べておられます。初代天皇の御心に戻ることこそやまとこころであり、神話に始まるヤマト人の魂に立ち返ることが何よりも肝心であると宣言されたのです。

この時、鎌倉幕府から676年にも及ぶ武士の世界が倒れたのですが、世界中どの国もこのような国家存亡の危機を迎えると、やがて滅びの道をたどりました。

ところが、日本においてはこの危機で王朝がよみがえったのです。城壁も石垣も堀も軍事力もない皇室が復活したのです。

第50代、桓武天皇から千年にわたって住まわれてきた京都御所から、東京の皇居に第122代の明治天皇が移られて新しい時代が始まります。

そして、明治天皇陛下は高天原と八百万の神々に向かって宣言なさいました。

一、広く会議を興し万機公論に決すべし
一、上下心を一にして盛んに経綸を行うべし
一、官武一途庶民に至る迄各その志を遂げ
　　人心をして倦まさしめんことを要す
一、旧来の陋習を破り天地の公道に基づくべし
一、知識を世界に求め大いに皇基を振起すべし

これが五カ条の御誓文です。

明治維新とは、「日本建国の理念に立ち返る」ことと「文明開化」の二つの柱から始まりました。

「神武創業の始め」に立ち返ろう、神話を取り戻そうという明治天皇がいてくださったから、日本はシラス国としてのあるべき姿に戻れたのです。

●日本を救うための決意

明治天皇は世界のあらゆることをご存じの、まさに「シラス」天皇でした。さらに、日本の歴史の中で、最も日本語を巧みに使われたと言っても過言ではなく、その人生の中で10万首もの後世に残るすばらしい和歌を詠まれています。

「目にみえぬ神の思いに通うこそ　ひとの心のまことなりけり」

開戦の時、昭和天皇が戦争反対ということを言えないお立場から、明治天皇が詠まれたこの和歌を二回朗唱されました。

「四方の海みなはらからと思う世に　など波風のたちさわぐらむ」

世界は同胞のはずなのに、どうしてこんなに波風が立ちさわぐのか、という明治天皇のこの和歌を二度繰り返し読まれるほどに、昭和天皇は戦争に反対されていました。それにもかかわらず、軍部は陛下に逆らい戦争に突入してゆきました。

この時には、政治には干渉しないという天皇のお立場ゆえの精一杯の御心さえ、国民には分からなくなってしまっていたのです。

天皇とは「シラス」方、すべてを一切お知りになったうえで、国の平和、国民の幸せを祈ってくださる大祭司です。

まず国民のことを知らなければならないので、全国に巡幸され、視察をされます。また、そのときどきの最高レベルの知識人から情報を得ます。

明治天皇は、あちこちの学校を見ている中で、道徳の授業がないことに気が付かれます。

また、小学校で、天皇陛下に対する挨拶を英語でスピーチする子どもがいたりしました。しかし、陛下が、「その言葉はどういう意味か」と問うても、意味を答えられないのです。

明治天皇は、大変憂います。

街でも農村でも漁師の村でも、子どもたちがこぞって高邁な精神を語り、学のない親をバカにするような風潮に対して、陛下は強い危機感をお持ちになるのです。

理屈ばかりが先走り、徳が失われてしまえば国家の背骨がゆがんでゆく。国の宝は、国民である。国民が愚かになってゆけば、国は崩壊してしまう……。

修身・道徳の教育などやっていると西洋に遅れるという風潮から、神話や建国の理念などはなおざりになっていました。西洋型の合理主義、唯物論的思考のはびこる中で、神話からつながる日本の国体に対する思いが「古臭いもの」にされてゆきました。

英語や経済、あるいは政治、民主主義や世界の情勢についての勉強を皆が求めました。道徳教育や修身などは、立身出世の競争の中で無駄なもののように思われていったのです。

明治天皇は「神武創業の始め」が無視され、「文明開化」ばかりに突っ走る日本に対して、深刻な危機感をもたれました。民族心が失われれば日本は滅びる。外圧には耐えられても、内部崩壊すれば国は滅び去ってしまう……。

日本人にとって一番大事なのは美徳、すなわち目に見えない徳です。この徳がなくなってしまえば、日本人は日本人ではなくなってしまうのです。

恐ろしいことに、日常会話も日本語をやめて英語にしようなどという流れすら出てきて、実際に文部大臣の森有礼《ありのり》は、国語を英語にすべしと主張しました。また、井上馨《かおる》外相は背の低い日本人はどんどん白人と結婚して混血になるべしと平然と訴えていたのです。

国会議員の中にも、有識者のなかにも日本を失くしてしまおうという人々が次々と現れてきたのでした。

このままでは日本は滅びる。明治天皇のほかに、いまが国家の一大事だと本心から感じていた日本人はどれくらいいたでしょうか。

明治天皇はいまや危急存亡の秋《とき》、なんとかしなければならないと考え、東京に都道府県の知事（当時は地方長官と呼んでいた）を全員集め、日本の教育を今後どうするべきか、話し合わせたのです。

そして一週間話し合った結果、地方長官の代表はこのように明治天皇にご報告しました。

「もはや私たちには手を打ちようがありません。しかし、ただ一つ、天皇陛下自らが国民に語りかけてくだされば、国民は真摯に耳を傾けると思われます。天皇ご自身の御言葉を、勅語として出していただけませんでしょうか」

そこで、明治天皇は教育に関する勅語を出されることを決心なさいました。もうそれ以外に、日本を救う道はなかったということなのです。

●大日本帝国憲法

この当時、日本は西洋の文明の波にさらされながら、西洋に合わせた様式を構築しなければならないということで、「憲法」を策定する作業が進められていました。

明治22年2月11日に公布され、翌23年11月29日に施行された大日本帝国憲法です。

聖徳太子が作った十七条憲法は、国民に対して発布されたものでしたが、大日本帝國憲法は世界標準の国になるためにつくられた、日本の国柄を世界に示すものでした。

しかし、憲法ができたことで、日本の国ができたわけではありません。それまで2000年以上、日本の国はあったのです。憲法が日本を守ったわけではなく、憲法などなくとも日本の国柄は守られてきました。

いま、憲法改正反対、賛成という論争が取りざたされていますが、憲法以前に2000年以上続いてきた日本の国柄があるのです。憲法よりもはるかに大切な日本の国柄に思いを寄せることを忘れてはなりません。

さて、日本の国とはどういう国なのかということを世界に示すのが、憲法の最初の条文です。世界に対して、日本とはこういう国ですということを大宣言するのが憲法の第一条なのです。

「大日本帝國ハ萬世一系ノ天皇ノ治ス所ナリ」

これが、憲法起草案冒頭、第一条の条文です。

この憲法の条文を起草したのは、井上毅《こわし》という偉人です。井上毅という名前は、今、私たちにはほとんど知らされることがありませんが、調べれば調べるほど、聖徳太子や本居宣長、稗田阿礼と匹敵するほどの大天才だと思えるのです。

「この日本という国は、万世一系の、神話からつながる天皇が一切をお知りになって、権力で支配するのではなく、徳をもって、和をもって治めてくださるところなのです」と、神話からつながる日本の国柄をあらわす、見事な美しい文章だと私は思うのです。

ところが伊藤博文は、「治ス」という日本語はもはや古語だということで、「統治ス」と直してしまいました。「統治」とは、辞書によると「主権者が国土、人民を支配し治めること」を指します。これが大きな問題だったと、私は思うのです。

「シラス」という言葉を復興すべきでした。この「治す」という言葉にこそ、やまとのこころがあるのですから。

憲法の草案に取り組んだ井上毅は、憲法以前にずっと脈々とつづく日本の国体、国柄というものを何より大切なものと考えました。
日本神話、古事記、日本書紀、歴史を徹底的に学び直し、そこで「シラス」という言葉に出会いました。「知らす」「治らす」「しらす」これこそが、日本独自の統治のありかたであることを悟ったのです。

井上はこう言っています。
「国を知り、国を知らすという言葉は、どの国にも比べる言葉はない。『知らす』とは、天皇が国民の全て、国の全てをお知りになるということである。日本の国家成立の原理は天皇と国民との契約などではなく、天皇の徳なのである。国家の始めは、大君の徳に基づくという言葉は、日本国家学の開巻第一に説くべき定論である」

伊藤博文は後に、「統治するは、シラスの意味なり」と述べており、また井上毅も憲法制定後に「国は徳義により成り立っていて、法律によって成り立っているのではない。国家というものはそれを担う天皇と国民が一体となった『徳義』を実際に行ってこそ成立するものである」と語っています。

井上毅は、こうして命懸けで大日本帝国憲法を書き上げたのです。

●やまとを復活させた教育勅語

西洋の「ウシハク」思想にかぶれてゆき、やまとのこころを失ってゆく日本を深く憂いた明治天皇は、教育を改めなければならないとお考えになり、教育に関する勅語を作るようにと文部大臣に命じられました。

時の芳川文部大臣は、東大教授の中村正直に草案の作成を依頼します。中村は、英国のサミュエル・スマイルズの『自助論』を翻訳したことで知られていますが、もともとは儒学者でした。

しかし、英国留学をしてからキリスト教の洗礼を受け、日本が西洋に倣って富国強兵を図るには、キリスト教を国教にしなければならないと考えるとんでもない人物になってしまいました。なんと、中村は「天皇陛下にも洗礼を受けていただきたい」と進言したといいます。

中村の草案を一部抜粋します。

「忠孝の心は天を恐るるの心に出で、天を恐るる心は、人々固有の性に生ず。されば、天を恐るるの心は、すなわち神を敬うの心にして、例えば木石に理紋ある。削れば悠々現れ、それ、体を消滅せざる限りは、除きたることは能わざるがごとき。人たるものにそれ生あらん限り、畏天敬神の心は消滅すべからざるものなり。その心の発動は、君、父に対して忠孝となる……忠孝の心は天を恐るるの心。天を恐るるの心は、されば天を、神を敬う……」

井上毅はそのとき法制局長官でした。法律の中心におり、大日本帝國憲法の草案を起草したほどの人物ですから、この草案も井上のチェックを受けることが必要でした。

文部省案として決定し内閣案とするために法令上の問題はないか、確認するために草案を見た井上は驚きます。

天、神、このような言葉を、もしも天皇陛下がお出しになられたら、仏教徒はどうするのでしょう。

日本はこれまで、ただの一度の宗教戦争もなく、すべての宗教に対して和をもって尊しとしてきているのです。その、神の道であるこの国が、その国を「シラス」存在である天皇がこのような言葉を出されたとあっては、日本がバラバラになってしまいます。

そのようなことは断じてあってはならないと、井上毅は総理大臣の山縣有朋のところに直談判に行きました。

山縣有朋は、明治15年に「軍人勅語」をつくった当事者でもありました。軍人のあるべき姿を定めたことにより、軍の規律がとても厳格になったという事例を体験していたので、井上の想いをしっかりと理解しました。

そして山縣は、井上毅に「それならお前が書いてくれ」と命じたのです。

その時、井上毅は人生最大の仕事を成し遂げた直後です。大日本帝國憲法の草案を一人で書き上げ、日本という国がどんな国かということを命懸けでまとめあげて、もうこれで人生のすべての力を使い果たしたというほどの状態だったはずです。

しかし、46歳の井上は、もう一度、日本のために自分の命を使おうと覚悟を決めたのです。

今度は、自分が書いた文章を、天皇陛下が、ご自身の言葉として発表するのです。どれほど大きな使命でしょうか。とても私心で書けるものではありません。

しかも、そのお言葉の目的は、日本の未曽有の危機に際して、もう一度、天壌無窮の神勅と、八紘一宇の神武天皇建国の精神を国民に行き渡らせ、そして日本という国を復興させるということなのです。

世界は一つ屋根の下の家族だという思いに戻ってくれるための言葉とは、どのようなものなのでしょう。一刻の猶予もありません。

この時の井上毅には、もう「自分」はありません。天皇陛下がお言葉を発するとしたらどのようなものだろう。天皇陛下のご先祖はどのように願っておられるのだろうということを知るには、無私の心でなければ不可能です。

頭から出した言葉では無理なのです。どこまで自分が天と繋がるか。いかにして天照大神までさかのぼっていくのか。天上の神々が、日本の国に、いまどんなことを願っておられるのかということを、霊的にキャッチしなければ書けません。

そして、ヤマトの人の魂に、真のキャンドルサービスをするにはどうしたらいいのかということを、井上は命を懸けて書いたのだと思うのです。

天壌無窮の神勅から始まった日本の背骨、これを日本人に取り戻すために井上毅が命を削って起草し、これを認めた明治天皇が明治23年10月30日、勅語として国民に語りかけてくださった、それが「教育に関する勅語」です。

かくして、日本は復活しました。

明治天皇が祈りをもって日本中に広げ、日本の人たちが皆そのことに対して心を寄せることによって、日本が立ち直ったのです。

教育勅語がなければ、恐らく日本は日露戦争には負けていたことでしょう。国が一つになったからこそ、日本の国柄を再び思い出したからこそ、国を守ることができたに違いありません。

もっと言えば、まだ完全にその背骨をなくしていない日本だから、原爆が落ちても、原子力発電所が爆発しても、津波が来ても、地震が来ても、復興することができるのです。

しかし、天皇が中心となって国民が一つになるという国柄を失ってしまったら、「シラス」国、日本は終わります。

いま、敗戦から70年が過ぎ、多くの人が神話を忘れ背骨を失い、もはや風前の灯火にも思えるこの日本という国を、やまとのこころを思い出すためには、教育勅語に心を寄せ、その祈りを知ることしかないと、いま、私は強く思わされているのです。

日本よ永遠なれ

第3章　教育勅語という祈り

●教育に関する勅語

教育ニ關スル勅語

朕惟フニ我カ皇祖皇宗國ヲ肇ムルコト宏遠ニ德ヲ樹ツルコト深厚ナリ我カ臣民克ク忠ニ克ク孝ニ億兆心ヲ一ニシテ世世厥ノ美ヲ濟セルハ此レ我カ國體ノ精華ニシテ教育ノ淵源亦實ニ此ニ存ス爾臣民父母ニ孝ニ兄弟ニ友ニ夫婦相和シ朋友相信シ恭儉己レヲ持シ博愛衆ニ及ホシ學ヲ修メ業ヲ習ヒ以テ智能ヲ啓發シ德器ヲ成就シ進テ公益ヲ廣メ世務ヲ開キ常ニ國憲ヲ重シ國法ニ遵ヒ一旦緩急アレハ義勇公ニ奉シ以テ天壤無窮ノ皇運ヲ扶翼スヘシ是ノ如キハ獨リ朕カ忠良ノ臣民タルノミナラス又以テ爾祖先ノ遺風ヲ顯彰スルニ足ラン

斯ノ道ハ實ニ我カ皇祖皇宗ノ遺訓ニシテ子孫臣民ノ倶ニ遵守スヘキ所之ヲ古今ニ通シテ謬ラス之ヲ中外ニ施シテ悖ラス朕爾臣民ト倶ニ拳々服膺シテ咸其德ヲ一ニセンコトヲ庶幾フ

明治二十三年十月三十日　御名御璽

教育に関する勅語

朕惟《ちんおも》うに我《わ》が皇祖皇宗《こうそこうそう》国を肇《はじ》むること宏遠《こうえん》に、徳を樹《た》つること深厚《しんこう》なり。我が臣民《しんみん》克《よ》く忠に克く孝に、億兆《おくちょう》心を一《いつ》にして世々《よよ》厥《そ》の美を済《な》せるは、此《こ》れ我が国体《こくたい》の精華《せいか》にして、教育の淵源《えんげん》亦《また》実《じつ》に此《ここ》に存《そん》す。爾《なんじ》臣民父母に孝に、兄弟《けいてい》に友《ゆう》に夫婦相《あい》和し、朋友《ほうゆう》相《あい》信じ、恭倹《きょうけん》己《おの》れを持《じ》し、博愛衆《しゅう》に及ぼし、学を修め業を習い、以《もっ》て智能《ちのう》を啓発し、徳器《とくき》を成就し進《すすん》で公益を広め世務《せいむ》を開き、常に国憲《こっけん》を重《おもん》じ国法に遵《したが》い、一旦緩急《いったんかんきゅう》あれば義勇《ぎゆう》公《こう》に奉じ、以《もっ》て天壌無窮《てんじょうむきゅう》の皇運《こううん》を扶翼《ふよく》すべし。是《かく》の如《ごと》きは独り朕《ちん》が忠良《ちゅうりょう》の臣民たるのみならず、又以《またもっ》て爾《なんじ》祖先の遺風《いふう》を顕彰《けんしょう》するに足《た》らん。

斯《こ》の道は実に我が皇祖皇宗《こうそこうそう》の遺訓《いくん》にして、子孫臣民の倶《とも》に遵守《じゅんしゅ》すべき所之《これ》を古今《ここん》に通じて謬《あやま》らず、之《これ》を中外《ちゅうがい》に施《ほどこ》して悖《もと》らず。朕爾《ちんなんじ》臣民と倶《とも》に拳々服膺《けんけんふくよう》して咸《みな》其《その》徳を一《いつ》にせんことを庶幾《こいねが》う。

明治二十三年十月三十日

御名御璽《ぎょめいぎょじ》

赤塚高仁による心訳・教育勅語

私が思うのは、皇祖、神武天皇が遥か遠き昔に日本國を建国し、歴代天皇が国を治めてきた徳というものは実に深く厚く尊いものだということです。

また、我が日本の国民は素晴らしく、忠と孝の道をもって、これまで何億、何兆という民が心を一つにして、天皇とともに代々にわたって美徳をあらわしてきましたが、これこそが日本の国体の真の姿であり、教育の真髄もまたそこにあるのです。

あなたがた国民よ、親孝行し、兄弟仲良く、夫婦は睦み協力し合い、友は互いに信じ合い、我儘は言わず、博愛の手を広げ、学問を修め、手に職をつけ、知能を啓発し、徳と才能を磨き、世のため人のために進んで尽くし、常に大日本帝国憲法を重んじ、法律に従い、ひとたび非常事態になれば公のために勇敢に立ち向かい、このようにして天下に比類なき皇国の繁栄に尽くしていってください。

これらのことは、ただあなた方が忠実で良き国民であるということだけでなく、あなたがたの祖先の築き上げ残してきた美徳を反映してゆくことでもあります。

このような道は実に、神武天皇以来歴代天皇がお遺しになった教訓であり、子孫臣民のともに守らなければならないことです。そして、この道は時代を超えて間違いのない真理であり、日本だけでなく全人類にとって大切な道徳なのです。

それゆえに私は、この教えを固く心に刻み、守り、手本を示してゆきますから、国民の皆もこの教えを大切にし、ともに道義国家の継承に尽くされることを深く希望します。

●日本という国のすばらしさを讃えた前文

ここからは、「教育勅語」をともに深く読み解いてゆきたいと思います。

「朕惟フニ我カ皇祖皇宗國ヲ肇ムルコト宏遠ニ徳ヲ樹ツルコト深厚ナリ我カ臣民克ク忠ニ克ク孝ニ億兆心ヲ一ニシテ世世厥ノ美ヲ濟セルハ此レ我カ國體ノ精華ニシテ教育ノ淵源亦實ニ此ニ存ス」

「朕惟フニ」の「朕」は天皇陛下の第一人称です。私は自分のことを「ワシ」「僕」「俺」などと言ったりしますが、陛下はご自身のことを「朕」とお呼びになります。この「私が考えるには」、あるいは「私が思うには」という言葉が、最後までつながってゆきます。

この後の部分に書かれていることを箇条書きにして挙げてみましょう。

①建国の理念

「我カ皇祖皇宗」、皇祖というのは神武天皇のことです。初代天皇であり建国の父、神武天皇が「我カ皇祖」です。

神武天皇は、天上界の神々の国を地上に実現するという壮大な理想を掲げ、全人類は一つ屋根の下の家族であるという「八紘一宇」の精神で国をお建てになりました。

国民がお互いに助け合い、支え合い、争わず、譲り合う、道徳を規範とした道義国家を目指されたのです。

②歴代天皇はすばらしい

続く「皇宗」というのは歴代天皇のことです。明治天皇は122代の天皇ですから、それ以前の天皇から神武天皇を除いた120名の歴代天皇、この神武天皇から始まる私の先祖である歴代天皇が建国に対する思い、理念を守り、徳をもって政治をしてこられたことは誠に深くすばらしいことです。

まず神武天皇、そして歴代天皇は実にすばらしいというふうに書き出されているのです。

③国民がすばらしい

しかし、どんな組織もそうであるように、リーダーがいくらすばらしくても、それを支え、そのリーダーとともに動く仲間がいなければ成り立ちません。

「我カ臣民」、つまり私の大御宝たち、日本の国民は、本当にすばらしい忠の心、孝の心を持つまさに国の宝です。今まで日本人というのは、何億、何兆の人たちが生まれ死んでいったけれども、国民たち皆が心を一つにして、その時代その時代に、実に美しい国柄を作ってきました。

「建国を果たした神武天皇は凄い。歴代天皇はすばらしい。けれど、その天皇を支え、一つになってやってきた国民もまたすばらしい」明治天皇はこのように称えてくださっているのです。

そして、これは天皇と国民が一つになってきた「我カ國體」であるというのです。「国体」というのは国の体、すなわち日本という国の姿のことです。この日本の姿こそ、天皇と国民によってできたものであり、これを成しえたのはひとえに、そのことを教え語り継いできた教育の力によるのです。

人間というものは、何もしなければ動物と同じです。教育があってはじめて、歴史を知り、道徳を知り、この教育があったからこそ、私たちはこのことを実現できたのです。

ここまでが、この日本という国の凄さ、美しさを讃えた前文です。

「天壌無窮の神勅」にあるように、天皇と国民と一つになって進む限り、「天壌とともに窮まりなかるべし」という天照の約束どおり、宇宙、地球が存在する限り、この国は続いていくのです。

そして、それを成してきたからこそ、我が国は今日ここまでやって来られました。天皇、皇祖、皇宗、そして国民たち皆、本当にすばらしい。そしてそれは、教育というものの力でもあるのです。

●万人が幸せになれる完璧な法則

ここからは国民の皆さんに守っていってもらいたい、何よりも大切なことを述べると明治天皇は言われます。これを守っていくならば、人は幸せにならざるを得ない、万人が幸せになれる完璧な法則なのです。

「爾臣民」とは、あなた方、国民の皆さんということです。

「父母ニ孝ニ兄弟ニ友ニ夫婦相和シ朋友相信シ恭儉己レヲ持シ博愛衆ニ及ホシ」

まずこれは人間として守るべき大切なことです。お父さん、お母さんに親孝行しなさい。兄弟は仲良くして、夫婦はお互いに相和し、友だちは信じ合いましょう。

「恭儉己レヲ持シ」とは、我儘を言わないこと。「博愛衆ニ及ホシ」とは、周りの人たちに対して、広く愛をもって付き合うということです。

人として大切なことの最初に書いてあるのは、「父母ニ孝ニ」です。大切なことのなかでも最も大切だから、最初に書かれているのです。全人類に共通する最も大事なことだとも言えるでしょう。

では、なぜ「親孝行」しなければならないのか。それは、父母がいなければ私たちがいないからです。

いくら地球環境を良くしたいとか、世界平和を実現したいというような大きなことを言っていても、自分を認め、親に感謝をすることができなければ自分は平安になれません。自分が平安に生きていない人に、世界を平和にすることは不可能でしょう。

まず何よりも、私たちが自分のことを肯定することからすべてが始まります。

自分を肯定できなければ、決して幸せな人生は送れないし、人に優しくもできません。そして、自分が自分を許し肯定した瞬間、その自分をこの世に送り出してくれた命の恩人であり、もっとも直近のご先祖様である父母に対しての感謝の思いが自然にあふれてきます。「産んでくださってありがとうございます」と……。

人間は、生まれた時には放っておかれたらすぐに死んでしまう存在です。馬も象も生まれ落ちて、5分も経てば立っています。しかし人間は、1年もの間歩くこともできません。そんな自分がいまここに生きているということは、その1年間、面倒を見てもらった証です。

人間は食べ物を恵んでもらえなければ、死んでしまう存在です。それでは、赤ちゃんは何もできないのでしょうか。いいえ、決してそうではありません。私たちはそのとき愛のかたまりそのものであり、ただひたすら命を発露することで、両親を喜ばせました。

私たちの子どももそうです。皆そうやって、愛そのものとして光を届けているのです。そして、「あなたもそうですよ」と教えてくれるのです。

お母さんは、赤ちゃんに愛を与えることはできません。愛そのものである赤ちゃんには愛が必要ないからです。

赤ちゃんは、神様の化身といってもいいでしょうか。「あか」というのは、やまとことばで天の輝きをあらわします。「あ」は宇宙創造の音ともいわれ、人は「あ」と発して生まれ「ん」と息をひきとる。「か」は神様の輝き。それが濁ると「が」になる。それが両方我が身にあるのを映すから「かがみ」となるのです。

伊勢神宮の御神体は八咫の鏡です。映して見える自分から「我」をとると「かがみ」が「かみ」となります。赤ちゃんとは、まさに神の光をあらわす存在だと言えましょう。

「国民よ、親孝行をせよ」と一番初めに語りかけてくださる明治天皇の大御心にふれて、胸がいっぱいになります。

「父母ニ孝ニ」です。父、母に従え、ではありません。そして、父母から一緒に生まれてきた兄弟、これは仲良くするのです。

さらに、一切の始まりである夫婦について、明治天皇は「夫婦相和シ」と言ってくださいました。

イザナギとイザナミの両神が国生みをし、神々を生み出したのも「夫婦」です。男と女、陽と陰、異質な出会いで新たな創造がなされます。この関係性こそ、宇宙創造に匹敵するエネルギーの根源であると思えます。

教育勅語は、中国の論語や、あるいは韓国からきた儒教の教えを元にしてつくられているという人がいるのですが、とんでもないことです。もし儒教であれば、「親の言うことを聞きなさい、長男の言うことを聞きなさい、妻は夫に従いなさい」となるでしょう。

「夫婦相和シ」というのは男女同権なのです。この当時、明治23年の時代に、世界の中で男と女は同権だと堂々と宣言しているのは、日本だけではないでしょうか。ここを読むだけでも、すばらしい日本の国柄が表れているではありませんか。

昔からよく言われる、女性は男性の「三歩下がって歩く」のが望ましいということを、男尊女卑の表れだと思い込んでいる人も多いようですが、実はそうではありません。

何かあったら自分が守るからいざとなったら逃げろという、男の心意気を示すものなのです。側にいては刀が抜けないから、愛する人を守るために三歩離れて歩かせたのです。

西洋ではレディーファーストですが、もともとは曲がり角や部屋の中に敵がいた時に、女性を犠牲にして男性が被害を受けるのを避けるためだったと言われます。旧約聖書、創世記に「女は男から作られたのもの」とあります。女は男の所有物という価値観が潜在的にあるのでしょう。

私たちの祖先は、男性は女性を輝かせることで一切がうまくいき、美しいものが生まれるのだと教えます。それがイザナギの「あなにやし、ええ、おとめを」、応えてイザナミの「あなにやし、ええ、おとこを」の神話です。まずこれを一番大事な、人間としての根本的なこととして、守っていきましょうということなのです。

●自分さておき人さまに尽くす

両親から生まれてきた奇跡の存在である私たちが、さらに奇跡が積み重なって成長し、同じだけの奇跡を積み重ねてきた仲間と出会うのですから、ご縁というものははかりしれないほどの奇跡と言ってよいでしょう。

1日に10人の新しい人と出会い続けたとして、現在日本に住んでいる約1億2千万人全員と握手するのに、どれくらいの時間がかかるのかを計算したことがあります。

毎日10人、新しい人と会い続けることも容易ではありませんが、そこをクリアしたとして一ヶ月で約300人、一年で約3600人です。そして、その計算でいくと驚くべきことに、なんとおよそ3万8千年もかかってしまうのです。

それほどに、友との出会いというのは稀有な機会なのです。


友だちは信じ合いましょう。そして、そんな大切な人間関係を構築するためには、自分の都合をあとにして、相手のことを優先しなさいと明治天皇は教えてくださいます。「手のひらは、もらうためよりあげるため」だよと、それが「恭倹己レヲ持シ」です。


わがままを言わず、自分さておき人さまに尽くすのです。

阪神の震災のときも、東日本大震災のときも、世界各地から救援に来てくださった人たちが驚愕されています。

救援物資を届けに行くと、多くの人が「私は大丈夫だから、もっと困っている人に届けてください」と言うのです。

震災のとき、東京の新宿などの大きな駅で、電車が動かず駅の階段に皆が座っていました。そのまま夜を明かさなければならないような状況です。この時、海外のメディアが驚いたのは、立ったままの状況の人もたくさんいるのに、階段の真ん中が通れるようにあいているのです。

これは日本人にとっては当たり前のことでしょう。特に緊急時には、病気や怪我の人を通さなければならないかもしれないのですから。しかし、これは世界のどの国でもあり得ないことなのだそうです。あいている場所があったら絶対に座るというのです。

海外からの救援部隊は驚きました。こんなに苦しい思いをしている人が、なぜ人を思いやれるんだと。

暴動も略奪も起きず、整然と並んでいる人たちに感嘆の声を世界中があげています。私たちの遺伝子の中に、教育勅語が脈々と息づいている証拠ではありませんか。

「博愛衆ニ及ホシ」とは、広く愛をもって出会う人に接することです。みんなつながっているのです。私たちの先輩方は「袖触れ合うも他生の縁」と教えてくださっています。

ずっと生き通しの魂の旅。始まりなき始まりから、終わりなき終わりへと続く魂の学びの旅の中で、出会う人に偶然あるわけがありません。宇宙の秩序の中で、「偶然」が入る余地などないのです。

だから、「情けは人の為ならず」みんなつながっているのです。

しかし、何のためにこれらのことを実践しなければならないのかということを、私たちはしっかりと腑に落とさなければなりません。だから、「學ヲ修メ」、勉強してください、まず勉強して知ってくださいというのです。

知らなければ何もできません。いま、こうして私が伝えていることも、まず本当のことを知ってくださいということです。勉強することによって、本当の知識を得ることによって、様々な真実を発見し、それによって自分の能力を上げていくことができるのです。

次に「業ヲ習ヒ」、手に職をつけましょう。自分の仕事をもって、その仕事で社会と繋がるのです。

社会と繋がらなければ、社会の役に立つことはできません。日本人にとって、労働は苦しいこと、神様の罰などでなく、「はたを楽にする」ことなのです。

「以テ智能ヲ啓發シ徳器ヲ成就シ」とは、そうやって勉強をし、仕事を通じてどんどん能力を高めてゆきましょうということです。

能力を高めていくことは、すばらしいことです。現実的な実践を通じて、成長して徳のある人になり、ますます周りに対して役に立っていってください。世の中に対して、もっともっと自分の力を発揮していきましょう。

「常ニ國憲ヲ重シ國法ニ遵ヒ」、ここではじめて憲法が出てきます。自分で能力を上げていくとともに、社会の中でしっかりとやっていくために、守るべきものがあるとしたら、まずは憲法です。大日本国帝国憲法というこの国の定めを大切にして、法を遵守し、一人の国民としての義務を果たしてください。

法律ができる以前から、日本という国は民主主義の国でした。アマテラスが天岩戸にお隠れになったとき、神々が協議して決議したように、神話の時代から議会制民主主義が当たり前にあった国が日本なのです。

近代になって、欧米がもっている憲法というものを、日本も整備しなければならないということで明文化したわけですが、憲法のまえに2000年以上にわたる国柄のあることを覚えてください。憲法以前にあった国の姿を知ることは、本当の国法を知ることにも繋がります。

「一旦緩急アレハ義勇公ニ奉シ」、この部分を左翼の人たちは、「天皇のために命を差し出せ」と書いてある。だから、教育勅語は軍国主義を助長するものだと騒ぎます。

しかし、そんなことはまったく書いていないのです。人が困ったときには、すぐにその人のために働いてください。特に国に緊急事態があったり、周りの地域で困られた方があるような時には、すぐにそのために自分を捨てて、動いてくれないだろうかという、これは明治天皇の願いです。

天皇のお役は、国の平安と、国民一人ひとりの幸せを祈ることです。その大君が、国民に自分のために死ねと仰るわけがありません。それどころか天皇とは、国や国民のために命を投げ出してくださる存在なのです。

●地上を「利他の心」あふれる天国にする

「自分さておき人さまに尽くす」ことをよしとする「教育勅語」は、人としてこのあり方、この道を行けば、ここに書かれたことを実践すれば、完全なる幸せを実現することのできる究極のマニュアルと言えましょうか。

なぜならば、苦しみの98％以上は私について考えることから生まれるからです。自分が消えたとき、そこに苦しみが発生することはありえません。

私について考えるときに、人は苦しくなります。私がなくなったときに、人は幸せです。これこそが、古今東西古きに渡り、まったく変わらない本当のことなのです。

2500年前、この法則を発見したのは釈迦でした。

彼は苦しみからの解放を探しに探して、苦行に苦行を重ねて、そしてどうしたら人間はこの苦しみから解放されるのかを求めました。

生まれて来ただけでも苦しい。年を取ってしまうのも苦しい。病気になって死んでしまうのも苦しい。しかも会いたい人に会えないのも苦しい。会いたくないやつに会っているのも苦しい。自分の本能のままに生きられないのも苦しい。欲しいものが手に入らないのも苦しい。

生老病死、愛別離苦、怨憎会苦、求不得苦、五陰盛苦、この四苦八苦からどうやったら逃げられるか。自分の体を極限まで追い込んで求めました。

しかし、こんなに自分の体を否定するなら、体など持っている必要はないはずです。肉体を否定してはいけないと気づき、苦行から離れて、体力回復のためにネーランジャラー川でスジャータという村娘から乳粥をもらい、体力を回復し、瞑想したときに聞こえてきたのです。

すべての存在には実体はない。一切が「空」、しかし、その「空」に自分が関わった瞬間に、何かが現れる。これを「縁」と呼んだのです。釈迦が発見したのは、「空」と「縁」、この二つです。

逆に全部に実体がある、全部に形がある。これを「有」といいます。だから、この世の目的は目標を達成して、自分の思いを叶えることだと考える世界を突き詰めていく、この頂点が「有頂天」です。しかし、これでは苦しみが消えることはないのです。

この世界は一切「空」であり、関わり方で変化するものなのであれば、人が幸せになるかどうかは、ひとえに自分がどう関わるかによる。そして、彼は発見しました。自分がなくなればいいのだと。

では、どう関われば自分はなくなっているのでしょうか。

それは、人のことやっているときです。人の喜ぶ言葉を使い、人が喜ぶことを考えて、人の喜ぶ行動をし、そして人の喜ぶことを思う。その瞬間、人はたしかに苦しみから解放されます。そして、自分が消え、周りの人のために生きていく「利他の心」が生まれるのです。

我が師、糸川英夫はあるとき私にこう言いました。

「赤塚さん、あなたね、自分の頭の上のハエを追うの、やめなさいね。人の頭の上のハエだけ追っていきなさい。

そうするといつの日か、あなたの頭の上のハエを追ってくれている人に出会うから。その繋がりが分かることを、幸せというんだよ」

私たちヤマトの民は、その繋がりがわかる民族です。神話からつながる万世一系の天皇を中心とした、利他の心の民族なのです。

私たちは、地上を「利他の心」あふれる天国にするために教育勅語を知り、実践するのです。

「是ノ如キハ獨リ朕カ忠良ノ臣民タルノミナラス又以テ爾祖先ノ遺風ヲ顕彰スルニ足ラン」、教育勅語を実践することは、天皇の大御宝である国民のあるべき姿であるというだけではなく、ご先祖様がここまでずっと繋いでくださってきた、その願いが実現することでもあるのです。そのように、明治天皇は続けて仰います。

私たち一人ひとりのご先祖様を20代さかのぼったら、その数は100万人にもなります。さらにその20代さかのぼったら、その一人ひとりが100万人ずつになるのです。

膨大なご先祖様の祈りが重なって私たちはいまここにあります。ご先祖様一人でも欠けたら私たちの存在はありません。

「斯ノ道ハ」、この道というのは、ヤマト人のあるべき道、あるべき姿のことです。「實ニ我カ皇祖皇宗ノ遺訓」、神武天皇、歴代天皇が残してくれた大切な教えであるとともに、この現象界でいま生きている私たち一人ひとりがきちんと守らなければいけないことです。これを守っていくことが、本当に幸せになる道なのです。

また「中外ニ施シテ悖ラス」とは、世界中どの民族においても、普遍の法則だということです。日本のみならず、全世界、どの民族においても通用する本当のことです。

ずっと昔から現在まで、どんなに時代が変わっても決して変わらない本当のことなのです。

戦争が終わったときに、ドイツのアデナウアー首相は教育勅語をドイツ語に直して、国を立て直しました。

またアメリカでは、レーガン大統領が、自分の国の風土がどんどん乱れていったときに、各高校に制服を着るように義務付け、その上で英文に訳した教育勅語を高校で教えるよう指導しました。これによってアメリカは、道徳教育を成功させ、国の建て直しができたのです。

これ以降、アメリカにおいても教育勅語のすばらしさが周知されるようになりました。実際に、アメリカ合衆国で聖書の次にたくさん読まれている本は、「The Book of Virtues」という英訳・教育勅語なのです。

●神の国へのパスポート

戦争の後、勝ちはしたものの日本の強さを恐れたアメリカは、その強さの理由を探し、教育勅語にそれを見出しました。

日本人はたとえ戦争に負けても、この教育勅語がある限り一致団結して復興をとげ、また強い国なる。そして、再びアメリカの脅威となる。そこでアメリカは、日本が二度と歯向かうことのないように、時間をかけて教育をダメにすることにしたのです。

まず、教育から神話を、そして歴史をすべて取り去りました。日本の建国も天皇のことも教えません。日本が世界でもっとも歴史があり、すばらしい国だということも教えません。国連加盟国193カ国の中で、小学校の教科書に建国の経緯と、建国の父と、建国の時が書かれていないのは、日本一国だけです。これは異常なことなのです。

この国をよくいうこと、天皇がすばらしいということも全部禁じました。教科書に出てくる天皇はいつも問題を起こします。後醍醐天皇、中大兄皇子、ひどい問題だけが書いてある。神道のこと、日本人の信仰についても一切触れることは許されません。

そして何よりも、日本人の根本である教育勅語を廃止させ、これはひどいものだと逆に教え込みました。日本を無謀な戦争に追い込んだのは、軍国主義を推進する教育勅語であり、多くの若者たちが「犬死」したのもすべて教育勅語による誤った教育のせいだと……。

そしてそれは、今もなお続いているのです。

しかし、教育勅語は世界のどの国においても通用するものであるということを、はっきりと明治天皇が宣言してくださっています。

世界中どの国のお触書、どの国の王様の命令も、「やれ」です。全ての国王は、国民は自分のためにある。ルイ14世は「朕は国家なり」とまで言いました。しかし、明治天皇の教育勅語は違います。

「朕爾臣民ト倶ニ拳々服膺シテ咸其徳ヲ一ニセンコトヲ庶幾フ」、「拳々服膺」という美しい日本語は、今では使われない表現ですが、拳と拳を合わせていただくようにしてということです。

そのようにして、私はこれを受け取ります。ここにある内容は本当のことだから、私も大事に守り実践していくので、皆さんもこれを一緒にやっていただけないだろうかと、天皇自らが仰っているのです。

こんなふうに言ってくださる皇が、他の国にあったでしょうか。

昭和天皇が国民に対して、戦争を終わらせるということを直接ご自身でお伝えになった、昭和20年8月15日の「玉音放送」に触れた時のことです。

玉音というのは天皇の御声のことです。この天皇の御声で、天皇は何とおっしゃったか。「堪ヘ難キヲ堪ヘ忍ヒ難キヲ忍ヒ」、この部分だけが有名になっていますが、このように仰っているのです。


「朕常ニ爾臣民ト共ニ在リ」


「私はいつもあなた方と共にいる」、これを言えるのが天皇です。

教育勅語の最後の最後に、「私もこれらのことを実践するから、皆さんもどうか一緒に守っていただけないだろうか」と語りかけてくださった明治天皇です。

天皇は生まれてから死ぬまで、祈るために生きておられるのです。

我が国の歴代の天皇は、すべてそういう命をもって生まれ、そのエネルギーを生きてくださることで、日本を守り支えてきてくださったのです。

天皇には苗字がありません。
天皇には職業選択の自由がありません。
結婚の自由もないし、離婚の自由もないし、選挙権も被選挙権もない。

天皇は国民ではありません。
ずっと不自由なことだと思っていました。
気ままな楽しみも許されない、気の毒なお方だと。

しかし、人が目指すべき世界があるとしたら、それは神の国であり、まさにその国の住人が天皇だと私は知らされたのです。
教育勅語とは、人々をその世界へと導くチケットと言っても良いのかもしれません。万国民に、いつの時代でも通用する万能のパスポートなのです。

●天皇が国民に語りかける言葉とは

井上毅は、教育勅語の草案をまとめるにあたって、天皇陛下はどういう言葉で話さなければならないのかということを考えました。

天皇が国民に話すというならば、天皇ご自身のお考えを、まさに天皇が国民に語りかけるそのままでなければならない。

したがって、法律のようなものであってはならないのです。法律というのは、守らなければならない、守るべきものです。この勅語はそういうものではなく、国民一人ひとりの個人の良心に訴えて、自発的に動こうと感じてもらうような言葉でなければならないと井上は考えました。

教育勅語は、ほぼ同時に生まれた大日本国憲法と両輪をなすものです。心を養い、目に見えない美徳を育てることは法律にはできません。道徳とは、一人ひとりの心にこそあるものだからです。

もしこれが法律なら、夫婦喧嘩は「夫婦相和シ」に反することになり、我が家などは毎日法律違反で逮捕されてしまいます。「朋友相信シ」とあるのに、友だちを裏切ってしまいました、法律違反で即逮捕。教育勅語とは、そういうものではありません。

道徳を皆に守ってもらうためには、魂に訴えかけなければならない。薄っぺらな知識や、頭から出たような理屈では人は動きません。

人々の心の底にある魂に届くような、そんな言葉にしなければならないけれども、他の法律や憲法のような「定め」にしてはならない。そこに井上毅の草案の苦労の跡が見受けられます。

また次に、天皇は「天」や「神」といった宗教的な言葉を使ってはならないと井上は考えました。

もしも宗教的なにおいがしたら、その宗教に反発する人が出てきたときに、教育勅語そのものが否定されるからです。宗教的な言葉に反発する人たちには、同じ日本人であってもその言葉が心深くに届くことはないでしょう。

宗教的なにおいが一切出ないようにすることは容易ではありません。しかし、この言葉を語られるのは、建国以来宗教戦争をしたことのない、「シラス」国、日本の大君です。特定の宗教に偏ったようなお言葉を出すわけにはいかないのです。


また、哲学的な言葉を使うことも厳に避けました。哲学的な言葉、用語や、心理学的な思索であってはならない。誰にでも分かり行動に移せる、地に足のついた言葉を選びました。

そして、驚くべきことに、教育勅語には神話が一切出てきません。大日本帝国憲法も、一切神話には触れていません。

では、井上毅は日本の神話に対して懐疑的であったり、神話を信じていなかったのでしょうか……。いいえ、その真逆です。古事記、日本書紀に精通し、日本の根本について腹の底から信じ、天と繋がっていた人です。

だからこそ、そのことを安易に言葉にして出すことの危険性も知っていたのです。日本が神国であり、神話が今も瑞々しく生きている国であることを誇りに思いながらも、「文明開化」の波の最中にあって、その考えに反発する人がいてはいけないと考えたのでしょう。

それから、ここに政治的な面を出してもいけない。特に人間くさい、思惑のあるような言葉を使ってはならない。それらは「シラス」ご存在である天皇のお言葉ではありえないからです。

儒教のにおいがしてはいけないのです。キリスト教のにおいがしてもいけないのです。哲学的であってもいけないし、心理学のようであってもいけない。それらすべてを排除したうえで、天皇陛下がお言葉を発するについては、重箱の隅をつつくような、何々するな、何々してはならないといった、人を抑圧したり消極的な気持ちにさせるような言葉は使ってはならないと、井上は考えました。

陛下がお使いになる言葉は、どの日本人の心の奥にも入っていく、大海のような、太陽のようなものであるという井上毅の信念が、この315文字からは感じられるのです。

●教育勅語という祈り

井上毅は、命を削るようにして文章を簡潔にしました。誤解を生まないよう、厳選した日本語を使って。

51歳で亡くなる前に、井上毅はこんな言葉を残しています。

「解釈する前に、勅語を勅語として語らしめよ」

つまり、「解釈する前にまず、読んでもらいたい。解釈して、自分の考えに照らし合わせるのではなく、自分の考えを打ち破って、本当の幸せに出会うため、何度も繰り返し読み、暗唱するうちに言葉に込められた祈りが届く」ということではないでしょうか。

教育勅語をそのまま音に出していくだけで、やまとこころのスイッチがオンになっていくのです。

17年ほど前に「いけないものだ」「危険な思想だ」とされている教育勅語とはどんなものなのだろうかと、疑問を持ったところから私の学びが始まりました。同じ頃、私はあちこちで日本の話をするようになったのですが、その度に右翼だとか、危ない思想だと揶揄されました。祖国を讃えることがどうしておかしいと言われるのか理解に苦しみましたが、日本のことを讃えれば讃えるほど反発されるのです。

その中でも教育勅語というものは、特別危険なものとされているようでした。軍国主義に使われた悪いものだと言うのです。けれども、そんな人たちに「いったいそこには何が書かれているのですか」と質問すると、誰も知らない。読んだことがないというではありませんか。

時には、読んだことのある人もありましたが、内容について説明できる人はいませんでした。私は、教育勅語は悪いものだと言った人で、教育勅語を理解している人に会ったことがありません。


誰かに洗脳されています。自分の思考回路が停止しているのです。人間としてもっとも哀れな姿ではないでしょうか。

我が師、糸川英夫は「自分で考えなさい」という言葉を私に遺してくださいました。人間の最高の喜びとは、自分で考えることです。


私は、教育勅語を身体で感じることから始めようと考えました。

とにかく、読みました。

初めのうちは意味が分からなかったけれど、毎日毎日読んで、読んで、読みこんでいるうちに、ある時体に沁み込んできて、やがてスイッチがオンになりました。

10年ほどかかったでしょうか。知識ではなくそこに込められた祈りが、たしかに私の心に届いたのです。

それは、古事記に込められた先人たちの願いと同じです。「祈り」とは、知識ではなく、霊の情動なのです。その波動に触れるときに、魂から湧きあがってくる、命の叫びなのです。

この気持ちをどうやって表せばよいだろうと、私は考えました。こんなにすばらしい教えが、完全に誤解されていることに憤りを感じましたが、怒りでは人の心に真実を届けることはできません。

「教育勅語」という言葉に抵抗感があるのだとしたら、もうすこし柔らかなアプローチにすればよいのではないかと思い、「かみさまとのおやくそく」という、子供向けに翻訳したCDを作ることにしました。

「このお話は、日本の人たちが昔から大切にしてきたお話です。日本というすばらしい国に生まれた私たちは誇りをもちましょう」ということを、子どもたちに分かるように作りました。

深い祈りを、音霊で届けたいと思ったのです。

かみさまとのおやくそく

おおむかしに、わたしたちのそせんが、
にっぽんというくにをつくったとき、
こころのきれいなひとたちがすむ、
りっぱなくににしようとおもいました。

そしてみんなが、そのきもちをたいせつにして、
こころをひとつにしてがんばったから
いまのにっぽんがあるのです。

それはとてもほこらしいことです。

みなさんは、おとうさん、おかあさんをたいせつにして、
きょうだい、しまいはたすけあいましょう。

おとうさん、おかあさんはなかよくしましょう。

ともだちはたいせつにして、いじわるをしたり、
うそをいってはなりません。

いばったりじまんしたりせずに、
こまっているひとがいたら、たすけてあげましょう。

べんきょうはなまけずに、

いろいろなことをおぼえたり、かんがえたりして、
かしこくなりましょう。

ひとのことをうらやましがったり、
ひがんだりせずに、
すすんでみんなのためになることをしましょう。

ずるしたりせずに、きまりはきちんとまもりましょう。

もし、たいへんなことがおこったら、
ゆうきをだしてみんなのためにはたらきましょう。

このおやくそくはずっとむかしから、
みんながだいじにしてきました。

みんながおおきくなっても、
がいこくでもかわらないほんとうにだいじなことですから、
みなさんも、このおやくそくをまもって、
りっぱなひとになりましょう。

面白いもので、「教育勅語」はいけないという人も、「かみさまとのおやくそく」はよいと言って受け取ってくれました。幼稚園で子どもたちに聞かせてくれる園長先生もありました。「すばらしい内容ですね」と言われます。それもそのはず、ここに書かれているのはすべて、教育に関する勅語の徳目なのですから。

やはり私たちは、マインドコントロールされているようです。その呪縛を外すためには、まず、自分が洗脳されていることに気づかなければなりません。当たり前を疑ってみるのです。魚に水が見えないように、鳥に空気が見えないように、日本人には日本が見えていません。

教育勅語とは、日本人を日本人とならしめる大いなる祈りです。戦いのためではなく、全人類が一つ屋根の下の家族として敵味方のない真の平安の世界、神の国の住人へと私たちが変容するための、たしかな道しるべなのです。

第4章　本当のことを知らせるために

●もう一度、ペリリュー島に行きたい

三重県名張市、近鉄名張駅前に吉住小児科があります。院長、吉住完先生の妻、佳代子さんのお父さん、故・上島英義先生が開院された小児科医院です。

上島先生は、大阪大学付属病院の勤務医として多くの子供たちを助けてこられた後、故郷の名張で開業されました。上島先生の手は神の手と呼ばれていて、医療機器では発見できなかった小児がんを、触診でいくつも発見し小さな命を救いました。

休む間もなく働き、寝る間もなく往診し、時には親を失った子供をわが子として育てられた、実に素晴らしい医師でした。

縁あって、私は吉住佳代子さん、完先生、上島先生と家族同然のお付き合いを

させていただいてきました。

引退して奈良県の曽爾《そに》村に住んでいた上島先生の家の庭に、観音堂を建てさせていただいたとき、様々なお話を伺いました。その観音堂は、亡くなった奥さんと佳代子さんの妹さんの魂を慰めるために建てたものなのですが、その祭壇には瓶に入った白い砂が置かれました。


「先生、この砂はなんですか?」

しばらくの沈黙ののち、上島先生は静かにこう答えられました。

「赤塚君、それはパラオにあるペリリュー島のオレンジビーチの砂や」

「オレンジビーチの砂? ずいぶんロマンチックな浜辺ですね、先生」

それには答えず先生は、

「僕は、ペリリュー島で軍医をしていたんや」

「え、軍医?」

「そう。あれは大変な戦いやった。戦友たちの、軍医どの! 軍医どの! という声がいまだに耳から離れんのや」

上島先生は、ペリリュー島でのことはほんのわずかしか話されませんでした。

「僕の耳の横を、鉄砲の弾がピュンピュン飛んでいくんや。友だちに当たって、すぐ横で頭が吹っ飛ぶ。いっそ自分に当たったらそれで楽になるのに、と何遍も思ったわ。せやけど、僕には当たらんかった……」

死ぬまでにもう一度ペリリューに行って戦友に挨拶したい、と願っていた上島先生でしたが、病気に倒れ叶わぬ夢となりました。

入院中も何度か先生に会いに行きました。病院の医師に治療も投薬も指示するような上島先生でしたから、自分の病気の状態もすべてわかっていました。自分亡き後のことを佳代子さんに話しながら、やがて来る最期のときに向き合っておられました。

亡くなる少し前の真夜中、付き添いのために病室で寝ていた佳代子さんは、上島先生の大きな声で目を覚まします。

「逃げよ‼　逃げよ‼」

驚いた佳代子さんは、上島先生を抱きしめ
「お父ちゃん！　お父ちゃん！　大丈夫や、大丈夫や、もう戦争は終わったで！」

「佳代子か……。そうか、戦争は終わったか……」

静かに目を閉じ眠りについた上島先生は、その数日後に天に帰ってゆかれました。

佳代子さんにペリリュー島のことを聞いてみました。

先生が着任したペリリュー島は玉砕の島であり、そこから帰還したのはわずか30数名。三重県からパラオに渡った兵隊の中では、上島先生がたったひとりの生き残りだったといいます。先生は、そこでいったいどんな体験をなさったのでしょうか。心にどれほどの傷を負われたのでしょうか。

戦争から帰った上島先生は、生き残ったことが申し訳ないと時々口にされるくらいで、ペリリュー島であったことを家族にさえ話すことはほとんどなかったそうです。

戦後、日本は悪いことをしたひどい国だったと教育され、戦地で命をかけて戦った人たちをまるで犯罪者のように扱いました。そして、戦争の話をすることはいけないことなのだと思わされていったのです。

そのような時代の中にあって、上島先生は恨み言ひとつ言わず、死んでいった戦友たちの分までしっかりと生き抜いたのでした。

ただ、「もう一度、ペリリュー島に行きたいんや。もう一度」とつぶやくように言われたことが、今も昨日のことのように思い出されます。

●オレンジビーチの砂の意味

こうして、もう一度パラオに、ペリリュー島に行きたいとあれほど強く願っていた上島先生は、名張の病院で思いを果たさぬまま天に帰ってゆかれました。しかし、「お父さんをペリリュー島に連れてゆく」佳代子さんのこの一声でパラオ行きが決まりました。上島先生の遺骨を抱いて、日本から南に約4000キロ、西太平洋に浮かぶパラオ共和国を訪ねたのです。

2010年、パラオの16回目の独立記念日に合わせて、久保憲一宮司を団長として私たちは出発しました。

松阪市飯高の水屋神社には樹齢1200年の楠が御神木として祀られ、その宮司の久保氏はパラオと親交深く、諸島の一つペリリュー島にある神社にさざれ石を寄贈したことでも知られています。

フィリピンとニューギニアの中間に位置する「パラオ共和国」は大小200の島々からなる独立国です。スペイン領からドイツによる統治へ、第一次世界大戦後は30年間日本による委任統治が行われました。

日本は、統治するにあたって台湾や朝鮮と同様に、インフラ整備をはじめ教育、医療施設の整備を行い、パラオの生活水準の向上を推し進めました。

パラオの年配の方々は、いまもなお美しい日本語を話されます。

さらに、いまでも500以上の日本語が、パラオの言葉として残っています。センキョ（選挙）、オカネ（お金）、コイビト（恋人）、ベントー（お昼ご飯）、ィヤキュー（野球）、チチバンド（ブラジャー）、アジダイジョウブ（美味しい）、ツカレナオース（ビールを飲む）等々……。

また、島のために汗を流した日本人をパラオの人たちは尊敬し、子供に日本人のような名前をつけました。私が乗ったタクシーのドライバーの名前は「海一郎」さん、日本海軍のように強い人になってくださいとおばあさんがつけた名前なのだそうです。

パラオの人たちにとって日本人は、平和だった島に恐ろしい艦砲射撃と空襲を仕掛けてくる米軍を迎え撃って、彼らの祖先の島を守るために死んでいった立派な人。彼らには、そうした記憶しかないのです。

それが190番目の国連加盟国、パラオ共和国に満ちている日本に対する思いでした。

本島から一時間半余り南へモーターボートを走らせると、緑濃き平坦な島影が見えてきます。うっそうと繁ったジャングルは、日米決戦の前の姿に戻っているようでした。

昭和19年、まさに大東亜戦争末期、米軍はフィリピン奪還の足場とするために、この島にある日本軍が造り上げた飛行場を狙って来たのです。

中川大佐率いる島の守備隊は、日清、日露戦争でも名高き水戸歩兵第二連隊を中心とした1万1千人。対する米軍は太平洋艦隊の最強部隊第一海兵師団ほか4万8千人。マリアナ諸島攻略戦の余勢をかった米軍は、「激しい戦いになるだろうが、おそらく我々は三日でこの戦いを終える。二日かもしれない」と言っていたといいます。


この戦闘に先だってペリリューの島民たちは、日本と共に先祖の島を守るために戦いたいと申し出ました。

しかし、中川守備隊長はそれを許さず、なんと、こう一喝したのです。

「帝国軍人が貴様ら土人と戦えるか！　島から出て行け！」

白人に支配され、奴隷のように扱われ、搾取され、悲しい思いをしてきた島民たちは、人種差別をしない日本人を尊敬していました。しかし、日本人もやはり白人と同じように自分たちを見下していたのか、信じていた友情は見せかけものだったのかと失望したといいます。

島民たちは失意のうちに、用意された軍艦に乗ってパラオ本島へと出発しました。ところが、いつ戻れるのだろうかと島を振り返ったとき、彼らは驚くべき光景に目を見張ります。もう島には泳いで帰ることは不可能という所まで軍艦が離れるのを確認するや、日本兵たちがジャングルから浜辺へ続々と飛び出してきて、笑顔で手を振っているではありませんか。

一番前で、中川大佐が笑っています。

中川大佐は、この戦いで全員が死ぬ運命にあることを知っていました。心を鬼にして、自分たちを救うために怒鳴った中川大佐の思いを悟り、島民たちは泣きました。

上島先生も島民を見送り、一緒に「ふるさと」を大きな声で歌ったのだと教えてくれました。こうして、島人の被害は皆無となったのでした。

この時、中川州男大佐に命じられていたのは、「バンザイ突撃、玉砕は許さない。最後の一兵になるまで徹底抗戦せよ」という恐ろしく過酷な任務でした。全滅が前提で、一日でも長く持ちこたえ、日本本土の防衛の礎になれというものです。

そこで、中川大佐はこれまでの万歳突撃の戦法を改め、500カ所ほど洞穴を掘り、徹底的な持久戦を戦い抜く作戦をとりました。洞穴の一番大きなものの全長は90メートルもありました。

こうして迎えた9月15日、日本軍は、一斉に上陸を始めた米海兵師団を狙い撃ちし、白兵戦の後、米軍は6000人の死傷者を数え、ガダルカナル島を攻略した強力な第一海兵師団が全滅しました。このとき、浜辺は両軍のおびただしい鮮血でオレンジ色に染まったと伝えられています。

オレンジビーチ……。

上島先生の机の上にあったオレンジビーチの砂の意味が、ようやくわかりました。何も知らないということは罪なことです。無神経に「ロマンチックなビーチの名前ですね」と言った私の言葉を、上島先生はどんな気持ちで聞いておられたのでしょう。

そこには、悲しいほどにきれいなエメラルドグリーンの空と海が、ただ静かに広がっていました。

●届かぬ英霊たちの願い

塹壕《ざんごう》の中に入ってみると、真っ暗闇の中、懐中電灯の灯りに照らされた先には、ついいましがたまで日本の兵士たちが居たかのように食器や空缶が転がっていました。

上陸に先立ち米軍が打ち込んだ爆弾は17万発、日本軍の艦隊も航空機も壊滅状態です。軍艦、輸送船約50隻が珊瑚の海に沈んでいきました。制空権も制海権ももはや日本軍にはありません。食料も救援物資も武器弾薬も補給は一切ないのです。

しかし、日本の守備隊は塹壕に潜み、耐えに耐え73日間戦い抜きました。

天皇陛下は、毎朝「ペリリューは大丈夫か」と御下問され、守備隊に11回もの御嘉賞を下賜されたといいます。

ペリリューが「天皇の島」と呼ばれる所以です。

弾も尽き果て、刀折れた11月24日、もはやこれ以上は戦えないと判断した中川大佐は、「動ける者は突撃、動けない者は自決、よくここまで頑張った」と、最後の訓示をし、明治天皇から賜った軍旗と機密書類一切を焼き、「サクラ　サクラ」と打電して司令部壕の中で自決、戦いは幕を下ろしました。米軍も同等の死傷者を出した大東亜戦争で最も烈しい戦場の一つが、このペリリュー島だったのです。
日本軍の恐るべき強さが骨身に沁みた米軍は、永い間ペリリューについて沈黙を守っていました。

ペリリュー神社の石碑にこう刻まれていました。
「諸国から訪れる旅人たちよ、この島を守るために日本軍人がいかに勇敢な愛国心をもって戦い、そして玉砕したかを伝えられよ
米太平洋艦隊司令長官　ＣＷニミッツ」

米軍上陸の直前に島民を避難させ、自らは玉と砕けた日本軍将兵たちは、島の住民にとってまさに「英雄」でした。
戦いが済んで島民たちがペリリュー島に戻ってみると、緑の島は焼け野原となり、海に水漬き、山に草生した一万余の日本兵の屍がありました。米国は米兵の遺体は収容して葬りましたが、敵国の兵士たちの遺体を顧みることはなかったのです。

島の日本人墓地は、敵に情け容赦のない白人たちの残酷さを目の当たりにし、日本人がこんな光景を見たらかわいそうだと、ペリリュー島の人たちが、日本兵の遺骨を拾い集めて葬ってくれたものです。

墓標には、零戦のプロペラもありました。

島の酋長はこう言っておられます。「この島に眠る日本軍の将兵の御霊は、私たちの島を守ってくださった神様だと思っています。私たちが立派に守ります。どうぞ御安心ください」。中川大佐が自決した洞窟には、今も花が絶えることがありません。島の人たちが弔ってくださっているのです。

英霊たちは、観光団ではありません。

祖国日本のために戦い、大切な人、大事なことを守るため日本から遥か離れた南の島で死んでいかれたのです。

どんなにか帰りたかっただろう、ふるさと日本に。

英霊たちの願いは、今日本の人々に届いているでしょうか。

ジャングルを歩くと、草の中に大きなかたまりがあります……朽ち果てた零戦です。主翼にうっすら日の丸が見えます。主脚の錆を落とすと銀色に輝くジュラルミンが出てきました。

コックピットを覗き込むと、そこに座っていたであろう若いパイロットの笑顔が脳裏に浮かんだような気がしました。

みんなで「ふるさと」を歌いました。

志を果たして、いつの日にか帰らん……。

未だ帰れぬ数千の英霊たちの念《おも》いが一気に胸に飛び込んできて、みんな泣いていました。

●ペリリューの島に吹く風

今から20年前、パラオが独立する時、国旗を定めなくてはなりませんでした。全島から募集したところ、70点ほどの秀作が集まりました。その中で、選ばれたのが青地に黄色い丸、月章旗と呼ばれるデザインです。

実は、この旗に決まったのは、日の丸に一番似ていたからなのです。

周囲の青は海を意味します。日の丸の部分が黄色いのは、月を表しています。月は太陽がないと輝くことができない。つまり、月は太陽によって支えられて生命を持つのです。

太陽というのは、日本のことです。パラオの人々は、戦争中日の丸を掲げ、強力な米軍と戦った日本軍に尊敬を捧げ、日本に心から感謝してくれています。一万余の英霊たちは、勇気と国を思う心があれば、アメリカよりも強くなれることを教えて死んでいったからです。

パラオの国旗を広げると、月の丸が中心からずれているのがわかります。日いずる国の日の丸に対する敬意と愛情が胸に沁み込んでくるではありませんか。

2015年4月、天皇・皇后両陛下がパラオ、そしてペリリュー島の慰霊に訪れてくださいました。

天皇陛下が、御自身で何かをしたいと言われたことは、即位以来たった二回だけと聞いています。10年前にパラオへの慰霊を希望されたことと、今回パラオに慰霊に行きたいと言われたことです。

昭和天皇が思いをかけ続けてきた、伝統ある水戸歩兵第二連隊を中心としたペリリューの守備隊がどれほど大きな働きをしたのかをうかがい知ることができます。そして、国のために命を捧げた英霊に、天皇がどれほど心を寄せておられるかを思う時、やはり日本は素晴らしい国だと思わずにはいられないのです。

その日私もパラオに行き、島の人たちとともに日章旗と月章旗を振り、目の前を通って行かれる天皇陛下に涙しました。

我が人生でもっとも多くの日の丸を見た一日でした。

ペリリュー島では、陛下が訪ねられた日は州の記念日とし永遠の祝日となりました。


ところで、本来、天皇が御行幸されるのですから、軍の御召艦が出動すべきところです。しかし、軍隊を持たない日本ですから、海上自衛隊の船がゆくのが当然なのですが、中国がクレームをつけました。自衛隊の船が公海をゆけば、我々もそれなりの行動をとる、と。そこで、海上保安庁の巡視船が用意され、パラオに向かいました。

天皇皇后両陛下は、ペリリュー島をオンボロのマイクロバスで移動されました。2018年、仲間たち30名とともに慰霊の旅に行ったとき、陛下がお乗りになったバスに私たちも乗せてもらいました。

両陛下がお座りになった座席にすわると、思わず涙が溢れます。米国の大統領は、伊勢志摩サミットでもエルサレムでも自家用の装甲車のような車を空輸して、しかも予備の車まで送り、その車にしか乗りません。

我が国の天皇陛下は、オンボロバスで、ガタガタ道を英霊の魂を慰めるために走ってくださる。かたじけないではありませんか。


パラオでは両陛下はホテルにお泊まりになりませんでした。セキュリティの問題だと報道されていましたが、そんなはずはありません。そんなことを言えばパラオの人たちに失礼だと、誰よりも思っておられるのが陛下です。

どの国の元首も、他国を移動する際、車の窓を開けることなどありません。しかし、私の目の前を通って行かれる陛下は、座席に背中を預けることもなく、身を乗り出すようにして、開け放った窓から沿道の人たちに手を振ってくださいました。

パラオの島の人たちが号泣するのにつられ、私も涙が止まりませんでした。

陛下は、巡視船にお泊まりになりました。きつい階段、とても快適とは言えない環境の船室で寝泊まりされると聞き、なぜだろうと思いました。

でも、その巡視船の名前が「あきつしま」であると聞いて、ハッとしたのです。「あきつしま」とは、古の言葉で「日本」のことをいいます。

「『サクラ　サクラ』と散った英霊のみなさん、日本が迎えに来ましたよ。私もこの船にいます。さあ、どうぞお乗りください」

天皇陛下の大御心が胸に沁みて、またも涙が止まりませんでした。

私たちは忘れてはなりません。

命に代えて国を守ってくださった名もなき英雄たちのことを。

私はこの島であったことを、ペリリューの島に吹く風を、語り継いでゆきます。

●「英霊の言乃葉」

靖国神社「英霊の言乃葉」にある茨城県出身の陸軍大尉、塚本太郎氏、22歳の遺書です。

父よ、母よ、弟よ、妹よ、
そして長い間はぐくんでくれた町よ、学校よ、さようなら。
本当にありがとう。
こんな我ままものを、よくもまああほんとうにありがとう。
僕はもっと、もっと、いつまでも皆と一緒に楽しく暮らしたいんだ。
愉快に勉強し皆にうんとご恩返しをしなければならないんだ。
春は春風が都の空におどり、みんなと川辺に遊んだっけ、
夏は氏神様のお祭りだ。
神楽ばやしがあふれている。昔はなつかしいよ。

秋になれば、お月見だといってあの崖下にすすきを取りにいったね。
あそこで転んだのはだれだったかしら。
雪が降り出すとみんな大喜びで外に出て雪合戦だ。
昔はなつかしいよなあ。
こうやって皆と愉快にいつまでも暮らしたい。
喧嘩したり争ったりしても心の中ではいつでも手を握り合って……。
然し、僕らはこんなにも幸福な家族の一員である前に
日本人であることを忘れてはならないと思うんだ。
日本人、日本人、自分の中には三千年の間、
受け継がれてきた先祖の息吹が脈打ってるんだ。
至尊のご命令である日本人の血が沸く。
永遠に栄えあれ祖国日本。
みなさんさようなら ― 元気で征きます。

人には生きている限り、「生存本能」があります。

にもかかわらず、それを超えて自らの命を捧げてまでも国を護ろうとする心がヤマト人にあったことを、こうして数多くの英霊たちが書き遺しておられることに魂が揺さぶられます。


靖国神社は、江戸時代末期以降の、国に殉じた戦没者の慰霊祭がその始まりです。その後明治維新の国難に命を投げ出し、国のために死んでくださった人々の霊を慰めるために明治2年に東京招魂社が建てられ、明治13年に靖国神社と改められました。

今では、大東亜戦争での軍人、従軍看護婦、ロシアや中国で抑留されて亡くなった方々や民間の戦没者など約250万柱の御霊が合祀されています。つまり、靖国神社とは、日本国の国難に殉じた人々の慰霊と顕彰の場なのです。

国のために一命を捧げた人々を忘却するような民族は、必ずや滅びるでしょう。いかなる国家も祖国のために死んでくれた人に対して敬意を払うのは義務なのです。

戦死者を慰霊する施設に国家の代表が参拝することは、世界のどの国においても当然の行為であり、我が国の首相が靖国神社を参拝することも実に自然なことなのです。

●「ルーズベルトニ与フル書」

硫黄島の戦いで散華された市丸中将の軍服のポケットから、一通の手紙が見つかったと言われています。

この手紙は、市丸中将の死後、「死に臨んだ日本の一提督の米国大統領宛の手紙」と題されて、米国の各大手新聞でその全文が紹介されました。手紙はいまも、ナポリスの海軍兵学校の博物館に展示されています。

「ルーズベルトニ与フル書」（ルーズベルトに与うる書【口語訳】）

日本海軍市丸海軍少将が、フランクリン・ルーズベルト君に、この手紙を送ります。

私はいま、この硫黄島での戦いを終わらせるにあたり、一言あなたに告げたいのです。

日本がペリー提督の下田入港を機として、世界と広く国交を結ぶようになって約百年、この間、日本国の歩みとは難儀を極め、自らが望んでいるわけでもないのに、日清、日露、第一次世界大戦、満州事変、支那事変を経て、不幸なことに貴国と交戦するに至りました。

これについてあなたがたは、日本人は好戦的であるとか、これは黄色人種の禍いである、あるいは日本の軍閥の専断等としています。

けれどそれは、思いもかけない的外れなものといわざるをえません。

あなたは、真珠湾の不意打ちを対日戦争開戦の唯一つの宣伝材料としていますが、日本が自滅から逃れるため、このような戦争を始めるところまで追い詰められた事情は、あなた自身が最もよく知っているところです。

おそれ多くも日本の天皇は、皇祖皇宗建国の大詔に明らかなように、養正（正義）、重暉（明智）、積慶（仁慈）を三綱とする八紘一宇という言葉で表現される国家統治計画に基づき、地球上のあらゆる人々はその自らの分に従ってそれぞれの郷土でむつまじく暮らし、恒久的な世界平和の確立を唯一の念願とされているに他なりません。

このことはかつて、

四方の海　皆はらからと　思ふ世に　など波風の　立ちさわぐらむ

という明治天皇の御製（日露戦争中御製）が、あなたの叔父であるセオドア・ルーズベルト閣下の感嘆を招いたことで、あなたもまた良く知っていることです。

わたしたち日本人にはいろいろな階級の人がいます。

けれどわたしたち日本人は、さまざまな職業につきながら、この天業を助けるために生きています。わたしたち軍人もまた、干戈をもって、この天業を広く推し進める助けをさせて頂いています。

わたしたちはいま、豊富な物量をたのみとした貴下の空軍の爆撃や、艦砲射撃のもと、外形的には圧倒されていますが、精神的には充実し、心地はますます明朗で歓喜に溢れています。

なぜならそれは、天業を助ける信念に燃える日本国民の共通の心理だからです。

けれどその心理は、あなたやチャーチル殿には理解できないかもしれません。わたしたちは、そんなあなた方の心の弱さを悲しく思い、一言したいのです。あなた方のすることは、白人、とくにアングロサクソンによって世界の利益を独り占めにしようとし、有色人種をもって、その野望の前に奴隷としようとするものに他なりません。

そのためにあなたがたは、奸策もって有色人種を騙し、いわゆる「悪意ある善政」によって彼らから考える力を奪い、無力にしようとしてきました。

近世になって、日本があなた方の野望に抵抗して、有色人種、ことに東洋民族をして、あなた方の束縛から解放しようとすると、あなた方は日本の真意を少しも理解しようとはせず、ひたすら日本を有害な存在であるとして、かつては友邦であったはずの日本人を野蛮人として、公然と日本人種の絶滅を口にするようになりました。

それは、あなたがたの神の意向に叶うものなのですか?

大東亜戦争によって、いわゆる大東亜共栄圏が成立すれば、それぞれの民族が善政を謳歌します。

あなた方がこれを破壊さえしなければ、全世界が、恒久的平和を招くことができる。

それは決して遠い未来のことではないのです。

あなた方白人はすでに充分な繁栄を遂げているではありませんか。

数百年来あなた方の搾取から逃れようとしてきた哀れな人類の希望の芽を、どうしてあなたがたは若葉のうちに摘み取ってしまおうとするのでしょうか。

ただ東洋のものを東洋に返すということに過ぎないではありませんか。

あなたはどうして、そうも貪欲で狭量なのでしょうか。

大東亜共栄圏の存在は、いささかもあなた方の存在を否定しません。むしろ、世界平和の一翼として、世界人類の安寧幸福を保障するものなのです。

日本天皇の神意は、その外にはない。

たったそれだけのことを、あなたに理解する雅量を示してもらいたいと、わたしたちは希望しているにすぎないのです。

ひるがえって欧州の情勢をみても、相互の無理解による人類の闘争が、どれだけ悲惨なものか、痛嘆せざるを得ません。

今ここでヒトラー総統の行動についての是非を云々することは慎みますが、彼が第二次世界大戦を引き起こした原因は、一次大戦終結に際して、その開戦の責任一切を敗戦国であるドイツ一国に被せ、極端な圧迫をするあなた方の戦後処置に対する反動であることは看過することのできない事実です。

あなたがたが善戦してヒトラーを倒したとしても、その後、どうやってスターリンを首領とするソビエトと協調するおつもりなのですか?

およそ世界が強者の独占するものであるならば、その闘争は永遠に繰り返され、いつまでたっても世界の人類に安寧幸福の日は来ることはありません。

あなた方は今、世界制覇の野望を一応は実現しようとしています。

あなた方はきっと、得意になっていることでしょう。

けれど、あなたの先輩であるウィルソン大統領は、そういった得意の絶頂の時に失脚したのです。

願わくば、私の言外の意を汲んでいただき、その轍を踏むことがないようにしていただきたいと願います。

市丸海軍少将

●戦艦ミズーリのへこみ傷

「僕の人生は明日で終わる、

生きたであろう残りの人生を未来の君たちに託す」

鹿児島は知覧の基地から飛び立った、19歳の青年の遺書です。250キロの爆弾を抱えて、沖縄にいる米軍の艦隊目がけて飛んでゆきました。

私は、今年1月にハワイを訪ねました。

そして、ワイキキの雑踏を離れて真珠湾に行きました。

浜辺にもショッピングセンターにも日本人がたくさんいて、どこでも日本語が通じます。まるで、日本の観光地です。

ところが、真珠湾に行くと、日本人はほとんどいません。中国人は群れています。車でほんの20分ほどの距離ですが、真珠湾を訪ねる日本人がほとんどいないというのは信じがたいことです。

いま、真珠湾には戦艦ミズーリがつながれており、中を見学することができるのです。

ミズーリは第二次世界大戦から湾岸戦争まで使われた軍艦です。スリムな船体ですが、長さは戦艦大和と同じくらいの大きな船です。日本は、1945年9月2日にこの戦艦の甲板で降伏文書に調印しました。

そのミズーリの後方、右舷に小さなへこみ傷があります。わずかな窪みです。自動車が駐車場のブロックにぶつかったときの傷よりも浅いような、戦艦にはなんら影響もないような傷です。

しかし、私はそこにあった説明を読み、言葉を失い立ちすくみました。

1945年、沖縄戦で、ここに零戦の特攻機が激突したのです。石野節雄さんという19歳の青年の乗ったゼロ戦です。

雨あられと降る艦砲射撃、敵の戦闘機の攻撃を掻い潜って、ついに米国の戦艦に突入したのです。

しかし、石野二飛曹の抱いた250キロ爆弾は不発でした。

機体のほとんどは海中に落ちてゆき、19歳の戦闘機乗りの上半身だけが甲板に落ちてきたのです。


「ジャップ！」

憎しみを込めて水兵たちが亡きがらを足蹴にしました。

しかし、そのとき艦橋に立った艦長が怒鳴ったのです。


「バカ者！ やめないか！

その若者は、われわれと同じだ。

祖国を守るために突撃したのだ。

他のゼロファイターが撃墜されているのに、ここまでやって来た彼はヒーローだ。褒めるべきだ！」

それを聞いた水兵から士官まで、すべての人がその場で反省し、船の中で白い布と赤い布を徹夜で縫い上げて旭日旗をつくり、翌朝、石野二飛曹の上半身を包み、戦闘の真っただ中で正式なアメリカ海軍葬を行いました。

乗員が整列し、敬礼し、遺体を海に帰しました。ラッパを吹き、礼砲を打ち鳴らし、正式な海軍葬を行ったのです。

実際に、ミズーリの甲板にはその時の足の跡がペイントされています。葬儀の写真も展示されています。

いま、「無駄死にだ」「犬死だ」と特攻隊員に対して、同胞である私たちがひどい言葉を投げつけています。「日本は悪いことをしたのだ」と自分の国を見下すようなことを平気で言います。

しかし、戦艦ミズーリの艦上で知った米軍のフェアな心に対し、私は言葉を失いました。

そして、日本に生まれたから「シラス」心をもつヤマトの人ではないのだということを、あらためて知らされたのです。


日本は、戦略的にも戦力的にも米国に負けました。

しかし、実際の戦闘においての、日本人将兵の勇猛果敢さ、忠誠心の高さは、米国人の理解をはるかに超えるものであり、心ある米兵たちには心底からの畏怖を与えました。

そして、悲しいかなそのことが、勝たなければならない戦争ゆえに、一般市民をも巻き込む度を超えた攻撃へとつながっていったのです。

私たちが、いま日本に生まれ、豊かな生活を送れるのは、日本を守ってくださった先輩方のおかげです。

祖国のために貴い命を捧げてくださった英霊に対して、感謝の気持ちを持てないというのは、もはや国民としては末期症状ではないでしょうか。

「僕の人生は明日で終わる、
　生きたであろう残りの人生を未来の君たちに託す」
託された日本人の一人として、この手紙が胸に刺さり痛むのです。

●白梅の塔

これまで何度も訪れてきた沖縄。
それなのに、行ったこともなく、存在すらも知らなかった場所がありました。
「白梅の塔」です。
ひめゆりの塔には何度もお参りさせていただきましたが、白梅の塔は知らなかったのです。

ひめゆり部隊については、戦後何度か映画化されていることもあって、多くの人に知られています。しかし、沖縄戦での女子学徒による看護隊は、ひめゆり部隊だけではありませんでした。

他に、白梅学徒隊（沖縄県立第二高等女学校）、ずゐせん学徒隊（県立首里高等女学校）、積徳学徒隊（私立積徳高等女学校）、梯梧学徒隊（私立昭和高等女学校）、なごらん学徒隊（県立第三高等女学校）などが、それぞれ看護隊として従軍しています。

本来、国際法であるハーグ陸戦条約によれば、たとえそれが敵軍であっても、医療施設に対する攻撃はしてはならないことになっています。しかし、米軍の砲撃は容赦なく、医局にいる彼女たちのうち多くが死亡してしまうのです。

6月18日、沖縄の日本軍がほぼ壊滅し、彼女たちにも解散命令が出されましたが、逃げまどう彼女たちに容赦なく米軍の銃弾が襲いかかり、ひめゆり部隊240名のうち、終戦時まで生き残ったのはわずか14名でした。

「白梅学徒隊」は、ひめゆり隊より17日はやい、3月6日に55名で結成されました。そして、第二四師団の野戦病院で、看護教育を受けます。

3月23日、沖縄に米軍の猛爆撃が開始されます。

もはや、地上にある病院は危険です。第二四師団の野戦病院は、医師や患者とともに、八重瀬岳の病院壕に移動しました。

病院壕といえば聞こえはいいけれど、実際にはただの「洞穴」です。床も壁も天井も地面むき出しで、近くに爆弾が落ちれば、轟音とともに天井から土や石が落ちてくる。

その洞穴に、前線で重傷を負った兵たちが次々に運ばれてきます。沖縄戦においても、少しでも動ける者は銃をとって戦っていたので、そこに運ばれてくるのはすでに戦闘能力を失った重症患者ばかりでした。

その頃には職業軍人の多くは命を落としていたので、運ばれてくるのは兵士と言っても招集令状、赤紙で召された、いわば普通の人たちです。昨日まで田んぼを耕したり、会社で働いていた人たちなのです。

しかし、それでも彼らが沖縄にやってきたのは、沖縄を守り、日本を護るためでした。

彼女たち白梅部隊は、その洞穴で負傷兵の看護や手術の手伝い、水くみ、飯炊き、排泄物の処理、傷口に沸いたウジ虫の処置、死体埋葬、伝令などをします。まだ16歳の少女が、兵隊の尿を取ったり、膿だらけの包帯を交換したり、傷口にわいたウジ虫を払い落としたり、亡くなった兵隊の死体を運搬したりしたのです。

手術は、医師たちによって洞穴の中で行われます。爆風によってつぶされた腕や脚は、最早切り取るしかありませんでした。麻酔はおろか、薬もありません。

切り取った手足はバケツに入れられ、それを白梅部隊の女学生が、交代で、敵の爆撃のない早朝に表に捨てに行ったそうです。

4月下旬になると負傷兵が増加し、洞穴の入り口付近まで負傷兵であふれるようになります。

そこで5月上旬には、東風平国民学校の裏手の丘にも分院を開設し、収容しきれない患者をそこへ移すのですが、その分院のある場所にも米軍が迫ります。やむなく分院は閉鎖し、もとの八重瀬岳の本院へ患者と白梅隊を集合させます。

分院を閉鎖するとき、白梅隊のメンバーが、歩けない負傷兵たちに青酸カリなどを与え、彼らを処置しました。

彼女たちは、沖縄県立第二高等女学校の最上級生（四年生）とはいえ、いまならまだ高校一年生。16歳の乙女たちです。

痛みに苦しむ患者たちの日常の世話をし、彼らと親しく会話も交わしていたであろうものを、歩けないと知った彼らに青酸カリを渡すのです。

そのときの心の痛み、辛さ、苦しさ、哀しさはいかばかりだったでしょう。

6月4日、いよいよ八重瀬岳の本院にも敵の手が迫ります。病院は、500名以上もの重症患者の「処置」をします。こうしたむごい作業も、白梅看護隊の仕事でした。

そして、病院は解散し、白梅隊もこの場で解散となります。

彼女たちは、軍と行動をともにしたいと願い出ます。しかし、もはや死を覚悟した軍の兵士達は、彼女たちの願いを退けます。どうしても、彼女たちには生き延びてもらいたかったのです。

彼女たちは、数人ずつに別れて、南部に向けて撤退します。しかし、逃げるあてなどありません。

そして、爆風渦巻く中、8名が途中で死亡し、ようやく16名が国吉（現糸満市）で洞穴を見つけ、そこに身を隠します。それが、いま「白梅の塔」のある洞窟なのです。

16歳の武器さえ持たない彼女たちの隠れる壕に、6月21日、米軍が「馬乗り攻撃」を仕掛けてきます。「馬乗り攻撃」というのは、洞穴の上から穴を開け、その穴からガソリンなどの可燃物を注ぎこんで火を着ける攻撃法です。

この攻撃によって、壕に隠れた彼女たちのうち、6名が死亡。6月22日、上の壕も同様の攻撃を受け2名が死亡、後日1名が、重度の火傷のため米軍病院で死亡します。

結局、動員された55名の生徒のうち、17名の少女が命を失いました。生還した彼女たちは、入隊したときの気持ちを次のように語っています。

「まったく不安はなかったね。戦争は絶対に勝つもんだと信じきっていたから」

「私たちが行かなかったら、誰が傷病者を世話するのって真剣に思ってた」

「ただもうお国のために……という気持ちで一杯だったんです」

彼女たちに戦局の様子は分かりません。

ただ爆弾が落ち、次々に運ばれてくる負傷者を必死に介護した。そして多くの命が失われた。戦いに敗れ、蹂躪《じゅうりん》されるとは、こういうことなのです。

なぜ彼女たちがここまで追い詰められ、この世の地獄とも思える厳しい現実に接しなければならなかったのでしょうか。

それは戦争だったからです。

世界に法律はありません。

国家間の条約があるだけです。

そして、いったん戦争になれば、条約など誰も守らない。戦時中でも必死に条約を守り通したのは、世界広しといえども日本軍ぐらいのものなのです。

私は、一度たりとも、戦争を美化しようと思ったことなどありません。

日本が負けて、さらに力こそ正義の世界が広がりました。

それでも日本は、戦後70年、戦争をしていません。この70年間で戦争をしていない国は日本とスイスだけでしょうか。

しかし、日本が東亜において戦後70年、戦争をしないで済んできたのは、米国の核の傘に守られたからです。日本を攻めることは、米国の核を敵にまわすことになるからです。

間違っても、憲法9条があるからではありません。

しかし、それでよいのでしょうか。

私たちは、いま改めて考える必要があります。

国を愛するとはどういうことかを。

暮れなずむ沖縄の夕焼けの中、誰もいない静かな白梅の塔、その横に洞窟があります。真っ暗な洞窟に降りて行くと、コウモリが飛び立ちました。

ここに16歳の白梅の少女たちがいたのです。目が慣れてくると、洞窟のまわりの壁が黒く焼け焦げているのがわかります。

昨日まで人形を抱いたり、裁縫をしたり、文をしたためたりした手で、兵士のちぎれた腕を持ったり、腐った肉からウジを取ったり、破れた腹に腸をねじ込んだり……。

まだ恋も知らない16歳の白梅の少女たち。

洞窟の地面に手をつき、祈りました。

「ありがとうございました。あなたがたの優しさで、死んでゆく兵隊さんたちが、最期に救われました。私たちもこれからの日本のために生かしていただきます。どうか、天上よりの支援、お願いいたします」

沖縄の人たちも知らない白梅の塔。導かれるように訪ねる道中、空には鮮やかな二重の虹がかかりました。見えない世界で何かがつながったのかもしれません。

●本当のことを知らせるために

２０１６年5月26日、世界の首脳が伊勢の神宮の神域に入り、その翌日オバマ米国大統領が広島を訪問されました。

これで私の仕事も終わりに思えました。講演活動も終えて、日常の生活に戻るのだと決めました。

ところが、以前から約束していた沖縄講演に行った時、そう、あの白梅の塔を訪れた翌日のことです。

沖縄では、琉球民族は日本の犠牲になっているという反発が強くあり、天皇に対する感情も複雑なものだと聞かされていました。米軍基地反対の運動で、騒ぎが繰り返されているとも報道されています。

そんな中で、「やまとこころのキャンドルサービス」と言って私がゆくことにどんな反応があるのだろうかと、いくばくかの不安もあったのです。

「ヤマト」という言葉に対してすらも反発があるのではないかと思えました。沖縄では日本人に対しては「ヤマトンチュー」沖縄人を「ウチナンチュー」と呼んで区別しているそうですから。

宜野湾の講演会場には、私の友人で伊勢神宮に何度も来てくれている新垣さん、又吉さんが中心となって200名以上のお客様が来てくださっていました。2時間の講演です。いつものように、魚には水が見えないように、日本人には日本が見えないという話からヤマトの神話、そして天皇の話へと進んで行きます。

「ヤマトとは、「大和」と書きます。
大和、すなわち大きな和です。
これが、おおきなわ、おきなわの心とつながりませんか。
ヤマトは大和、「おーきなわ」です」

なんと、そう言った途端に会場が一体となり、割れんばかりの拍手が起こりました。

たしかに、沖縄では、自分たちが見殺しにされたとか日本の犠牲になったとか、怒りの波動を煽るような活動がなされているようです。米軍の問題ばかりを論じて、中国に阿《おもね》る風潮すらあるようにみられます。

しかし、沖縄は日本です。

沖縄を見捨てるというのなら、どうして17歳から20歳代前半の、将来ある若者たちが250キロ爆弾を抱いて、沖縄を攻めている米国艦隊に特攻してゆくでしょうか。戦艦大和が沖縄に特攻してゆくのでしょうか。

私は、昭和天皇がどれほど国民を、沖縄の人たちを愛し、祈ってくださっていたか……、必死で語りました。

果たして沖縄の人たちは、そんな私の講演に反発されたでしょうか。とんでもない、その真逆で、日本のどこよりも熱い反響があったのです。

「天皇は私たちのお父さんのようさー」

「そんなこと知らされなかったさー」

滂沱《ぼうだ》たる涙を流して、「私たちはみんな日本人さー」と握手をしてくださる沖縄の兄弟たちに私も涙しました。

持参した書籍は瞬く間に完売し、サインをさせていただいていると、お一人お一人が口々に感想を伝えてくださいました。

そのほとんどが「本当のことを知らなかった」というものでした。こうして私は、まだ終わっていないのだということを、知らされたのです。

いま私たちが豊かな日本で暮らせるのは、日本を護ってくださった先輩たちのおかげです。５００年前、千年前にも、日本をいい国にしようと、美しく生きてくださった祖先の方々のおかげです。

未来の日本をよくするために、これからも私は、魂をこめて語り続けてゆきます。

第5章　日本よ、永遠なれ！

●日本に生まれてよかった

鍵山秀三郎さんといえば、イエローハットという自動車部品を商う企業を創業された大経営者であり、祖国日本を美しい国にしようと、命を懸けて実践し続けたトイレ掃除が、国民運動にまで発展していることでも知られます。

また、皇室を敬い、美しく凛とした日本人の姿を取り戻そうと呼びかける鍵山さんの著書は多くの人々に読み継がれています。

鍵山秀三郎さんと私とのご縁は、たった一枚のハガキから始まりました。いまから25年ほど前のことです。

そんな小さなご縁も尊いものとして大切にしてくださるヤマト人、鍵山さんは、私が２０１５年に『ヤマト人への手紙』（きれい・ねっと）という本を世に問うた時、いち早く推薦文を寄せてくださいました。多くの人にお読みいただきたいと願わされ、ここにご紹介します。

日本に生まれてよかった

古代ローマ時代の哲学者キケロが、愛の中で最も崇高な愛は祖国愛である、と言っています。日本人は今、この最も崇高な愛を持っているでしょうか、残念ながら持っていない人の方が多いのです。それは、人に愛されていることに氣づかない人が、人を愛することができないように、国に守られていることに氣づかない人は、国を愛し守ることはできないからです。

日本人は国家に守られていることに鈍感であり、守られていないと思うことには、至極敏感になってしまいました。日本人は今、国家に充分過ぎる程守られているのに、そのことに氣づかず、自分の我が儘な要求が満たされないことに対しては、敏感に反応し声高に要求し続けるのです。そして、そういう人に限って他国のことが良く見えて、自国のことを非難するのです。

日本人は皇室に守られております。
長い歴史の間守られ続けてきたのです。
しかしそのことに氣づき感謝している人が少ないのが現実の姿です。
国民が皇室に愛され国家に守られていることに氣づかなければ、国家を愛することはできません。つまり祖国愛はもてないのです。

このたび、この大切なことを、赤塚高仁氏がとても分かり易く解き明かしてくださいました。本書を通して国家を失った民族が如何に悲惨な運命に陥るかということを、ユダヤ人の歴史を通して明らかにされました。

一つの家庭を守ること、一企業を永続させることさえ至難なことです。ましてや一つの国家の歴史を、二千六百有余年にもわたって守り続けたということは、針の穴に象を通すに等しい難事です。

その至難なことを、世界の中で日本だけが可能にし実現したのです。

これは皇室のお蔭という以外に要因を見出すことはできないのです。
そして日本民族は、皇室に愛され守られていることに氣づき感謝してきたのです。
恩を忘れない限り歴史はいつまでも永遠に紡がれていくものです。

このたび赤塚高仁氏が、「ヤマト人への手紙」として、日本という国家と民族が他に比類のない国体であることを教えてくださいました、そして誇りと自信を与えていただきましたことに感謝いたします。

鍵山秀三郎

●わたしは、あなたがたと共にいる

昭和20年8月9日夜11時から御前会議が開かれました。

その日、ソ連が利己心のみの火事場泥棒のようにして日本に宣戦布告してきました。同日、二発目の原子爆弾が、長崎に投下されました。

御前会議の場所は、宮中防空壕の地下10メートルの一室で、総理、外務、陸軍、海軍の四大臣の他七名が待つところに天皇陛下は入ってこられました。

ポツダム宣言が読み上げられたのですが、日本には到底耐えがたい条件です。この際ポツダム宣言を受諾して戦争を終わらせるべきだと、外務大臣は発言しました。

しかし、阿南陸軍大臣は戦争を続けると主張します。軍の敗退を詫びながらも、必勝は困難でも必負と決まってはいない、本土を最後の決戦場として戦うにおいては、地の利あり人の和あり死中に活を求め、一億玉砕し、大和民族の名を歴史に刻むことこそ本懐だと言います。

米内海軍大臣はたった一言「外務大臣の意見に全面的に同意であります」と。

陸軍大臣と同意見の参謀総長、軍令総長、二時間半の会議は二つに割れてまとまりません。陛下は終始熱心に聞いておられました。事態は緊迫しており、先延ばしにはできません。

総理大臣はついに、「誠に畏れ多いことではございますが、ここに天皇陛下の思召しをお伺いして、私どもの意見をまとめたいと思います」と陛下の御前に進みました。

「それならば自分の意見を言おう」と先ず仰せられ、陛下は、「自分の意見は外務大臣の意見と同意である」と仰せになりました。

地下室の静寂の中、陛下の御前に皆の涙が滴り落ち、次の瞬間にすすり泣きになり、その次の瞬間には号泣となりました。

建国２６００余年日本が破れた日です。

天皇陛下も初めてお泣きになりました。

陛下は、しぼりだすようなお声で「念のため理由を言っておく」と仰せられました。

「大東亜戦争が始まってから陸海軍のしてきたことを見ると、どうも予定と結果が大変に違う場合が多い。今、陸軍海軍では本土決戦の用意をしており、勝つ自信があると申しておるが、自分はその点について心配している。

実地に見てきての話では、防備は殆どできておらず、実は兵士に銃剣さえ行き渡っていない有様であることがわかった。このような状態で本土決戦に突入したらどうなるか、自分は非常に心配である。或いは、日本民族は皆死んでしまわなければならなくなるのではなかろうかと思う。

そうなったら、どうしてこの日本という国を子孫に伝えることができるか。自分の任務は祖先から受け継いだこの日本を子孫に伝えることである。今となっては一人でも多くの日本人に生き残っていてもらって、その人たちが再び起ちあがってもらう外に、この日本を子孫に伝える方法はないと思う。

自分は明治天皇の三国干渉の時のお心持を考え、自分のことはどうなっても構わない。耐え難きことではあるが、この戦争をやめる決心をした次第である」

さらに陛下の御言葉は続き、国民が今日までよく戦ったこと、軍人の忠勇であったこと、戦死者戦傷者に対するお気持ち、遺族のこと、外国にいる日本人の引揚者のこと、戦災にあった人たちへのご仁慈の御言葉に一同新たに号泣したのでした。

陛下は、「こうして戦争をやめるのであるが、復興はむずかしいことであり、時間も長くかかることであろうが、それには国民が皆一つの家の者の心持になって努力すれば必ず出来るであろう。自分も国民と共に努力する」と仰せられました。

これらのことは、その御前会議に出ていた内閣書記官長の迫水久常氏がその当時の様子を的確に伝えたものです。迫水氏は、「終戦の詔勅」の草稿者でもあります。

大東亜戦争終結の詔書

朕深く世界の体勢と帝國の現状とに鑑み、非常の措置を以て時局を収拾せむと欲し、茲に忠良なる爾臣民に告ぐ。朕は帝國政府をして、米英支蘇四國に対し、其の共同宣言を受諾する旨通告せしめたり。そもそも、帝國臣民の康寧を図り萬邦共栄の楽をともにするは、皇祖皇宗の遺範にして、朕の拳々措かざる所、先に米英二國に宣戦する所以も、亦実に帝國の自存と東亜の安定とを庶幾するに出て、他國の主権を排し領土を侵すが如きは、固より朕が志にあらず。然るに、交戦巳に四歳を閲し、朕が陸海将兵の勇戦、朕が百僚有司の励精、朕が一億の衆庶の奉公、各々最善を盡せるに拘らず、戦局必ずしも好転せず、世界の大勢亦我に利あらず。しかのみならず、敵は新たに残虐なる爆弾を使用して、頻りに無辜を殺傷し、惨害の及ぶ所真に測るべからざるに至る。しかも、尚交戦を継続せむか、終に我が民族の滅亡を招来するのみならず、延いては人類の文明をも破却すべし。斯くの如くむば、朕何を以ってか億兆の赤子を保し、皇祖皇宗の神霊に謝せむや。是れ、朕が帝國政府をして共同宣言に應ぜしむるに至れる所以なり。朕は、帝國と共に、終戦東亜の解放に協力せる諸盟邦に対し、遺憾の意を表せざるを得ず。帝國臣民にして戦陣に死し、職域に殉じ、非命に斃れたる者、及び、其の遺族に想いを致せば、五内為に裂く。且、戦傷を負ひ、災禍を蒙り、家業を失いたる者の厚生に至りては、朕の深く軫念する所なり。惟ふに、今後帝國の受くべき苦難は、固より尋常にあらず。爾臣民の衷情も、朕善く之を知る。然れども、朕は時運の赴く所、堪え難きを堪え、忍び難きを忍び、以って萬世の為に太平を開かんと欲す。朕は、茲に国体を護持し得て、忠良なる爾臣民の赤誠に信倚し、常に爾臣民と共に在り。

若し夫れ、情の檄する所、濫りに事端を滋くし、或は、同胞排擠互に時局を乱り、為に大道を誤り、信義を世界に失うが如きは、朕最も之を戒む。宜しく挙国一家子孫相伝え、確く神州の不滅を信じ、任重くして道遠きを念ひ、総力を将来の建設に傾け、道義を篤くし、志操を鞏くし、誓って国体の精華を発揚し、世界の進運に後れざらむことを期すべし。爾臣民其れ克く朕が意を体せよ。

昭和二十年八月十四日

御名御璽

天皇は、「朕は、常に爾臣民と共に在り」、「わたしは、あなたがたと共にいる」と言ってくださったのです。

戦後の我が国民が人生を謳歌出来るのは、昭和天皇のおかげです。

天之御中主神、イザナギ・イザナミ、天照大神、ニニギノ命、ホオリノ命、ウガヤフキアエズノ命、そして神武天皇と続く悠久の皇統の光をあらわす神国日本。大宇宙の理である絶対善の神の世界をこの地上に実現させようというのが、天照大神の「天孫降臨」です。

そこに、一点の私心もなく、すべてを一つ命の分け御霊として慈しみはぐくむ愛、真なる正しい勇気をもって「八紘一宇」の世界を実現するために建国された日本。

この建国の理念を、体現されるのが天皇なのです。

●神のごとき帝王

昭和20年9月27日、昭和天皇は連合軍総司令部（ＧＨＱ）のマッカーサー元帥をお訪ねになりました。この時の陛下のお供は通訳の奥村勝蔵氏一人で、マッカーサー元帥は自分の机の席で足を組んでパイプをくわえたまま動こうともしなかったといいます。

陛下は机の前まで進まれて直立不動のまま、ご挨拶されたあと、こう言われました。

「日本国天皇はこの私であります。今回の戦争に関する一切の責任はこの私にあります。私の命においてすべてが行われました限り、日本にはただ一人の戦犯もおりません。絞首刑はもちろんのこと、いかなる極刑に処されてもいつでも応じるだけの覚悟はあります。

しかしながら、罪なき国民が住むに家なく、着るに衣なく、食べるに食なき姿において、まさに深憂に耐えんものがあります。温かき閣下のご配慮を持ちまして、国民の衣食住にご高配を賜りますように。ここに皇室財産の有価証券類をまとめて持参したので、その費用の一部にあてていただければ幸いであります」

と、大きな風呂敷包みを元帥の机の上に差し出されました。

実は、このときすでに、マッカーサー元帥は天皇に戦争責任がないことを認識していました。それで元帥は、天皇の訪問の目的が自分自身の保身、すなわち命乞いであろうと思っていました。ところが驚くべきことに、その天皇陛下が絞首刑になってもいいから国民を救ってもらいたいと言われたのです。

それまで姿勢を変えなかったマッカーサー元帥は、立ちあがって陛下の前に進み、抱きつかんばかりに陛下のお手をにぎり、「私は、はじめて神のごとき帝王を見た」と言って、陛下のお帰りの際には、元帥自ら見送りの礼をとったのでした。

このときの会見の内容は、一切極秘にとの約束だったので、陛下はこの敵の将軍との約束を生涯お守りになりました。

昭和30年の夏、鳩山一郎内閣の重光外務大臣がニューヨークにいるマッカーサーに天皇陛下からの伝言を伝えるために会った時、マッカーサーの方から陛下がそのときにおおせられたお言葉を聞かされ、会見の内容が明らかになったのでした。

数千年の歴史の中で、さまざまな民族が興っては滅び、滅びては興るということをくりかえしてきました。しかし、その歴史の中で、危急存亡のときに、国民を守るために自らの命を捨てるほどの大きな愛を持った君主は、誰もいませんでした。

だからマッカーサーも昭和天皇は命乞いに来たのだと思っていたのです。

ところが天皇陛下は、すべての罪をご自分御一人で背負うという崇高な覚悟を占領軍最高司令官に申し出られました。

開戦の際は東条内閣において、すべての人類の平和を願い、国民の幸福をご自身の喜びとされる陛下が戦争を避けたいと考えておられたことを、マッカーサーは万事知っていました。

そんな開戦ありきの内閣に対し「天皇は統治すれども政治せず」との立場から、陛下はご裁可なさいました。しかし、御前会議のおりに、

四方の海　みなはらからと　思ふ世に　など波風の　立ちさわぐらむ

という明治天皇御製を二度も朗唱し、人類みな兄弟というお気持ちを示されましたし、開戦の詔勅のなかにも「自分の思うところではないが」という文句を特に入れさせもなさっています。

にもかかわらず、敗戦後はお心にそむいた人たちの罪まで背負って、一切の責任をおとりになったのです。もはや、法律や人の世界の決めごとをはるかに超えた、高次元の「愛」の崇高なご存在といえましょうか。

マッカーサーは「我、神をみたり」と心の中で叫んだと、後に回想録に記しています。

●昭和天皇のご巡幸

ヤマト人にとってはじめて体験する敗戦でした。60以上の都市が焼け野原と化し、中でも二つの街はそれぞれ違った特殊爆弾で、一瞬にして十数万人の命が奪われたのでした。

人々は、住む家もなく、食べるものもなく、着るものもありませんでした。空襲で両親を失って、孤児となった子どもたちの可哀そうな様は、いまの我々には想像することさえできません。

爆弾が降ってくる心配こそなくなりましたが、それまで張りつめていたものが切れ、この先どうなってゆくのか、自分はどうやって生きてゆけばいいのか……。何を考えることもできない状態だったに違いありません。うつろに気落ちした空気に包まれていた日本でした。

310万人もの日本人が命を失い、外地で終戦を迎えた人々も640万人ありました。何もかもを失い、着の身着のままで祖国に帰ってきた同胞たちはまだしも、満州、北朝鮮ではソ連による暴行、略奪、殺戮、強制収用などが行われ、その様子は凄惨を極めました。

天皇にとって国民はおおみたから（「大御宝」「公民」）、大切な赤子です。天皇陛下が毎日、朝な夕な祈ってくださる祝詞です。

「天の下　四方の国
　おほみたから　広くさきはえ給えと申す」

昭和天皇は、苦しむ国民を我が痛みとして受け止めておられたのでした。

そして「この際、私としてはどうすればいいのかと考えたが、結局、広く地方を歩いて遺家族や引揚者をなぐさめ、励まし、元の姿に返すことが自分の務めであると思う。私の健康とかなんとかはまったく考えなくてもいい。その志を達するよう全力をあげておこなってほしい」と仰せられ、途方に暮れている国民の中に飛び込んで行かれたのです。

8年間、165日、全行程3万3千キロ。

天皇陛下が直接お言葉をかけられた人々は2万人にも及ぶと記録されています。軍部の罪をも一身に背負い、沖縄を除くすべての都道府県をご巡幸された天皇陛下のお姿に国民は感激し、日本は復興しました。

昭和天皇の御製です。

「わざわひを　わすれてわれを　出むかふる
　　民の心を　うれしぞと思ふ」

「国をおこす　もといとみえて　なりわいひに
　いそしむ民の　姿たのもし」

ところで、時をさかのぼって明治維新を20歳で迎えた新潟県出身の志士、松山高吉は、国学、神道、そして和歌に親しんだ武士でした。尊王攘夷のために奔走する中で、新しい日本の夜明けを迎えるのですが、高吉は当時邪教とされていたキリスト教に関心を持ち、なぜキリスト教が弾圧されているのかを知ろうとします。

街のあちこちには、キリシタン禁制の高札が立っている中で、捕らえられて牢屋で獄死した仲間のために祈るクリスチャンの姿に、高吉は武士の魂を感じて衝撃を受けました。そんな高吉にキリストの聖霊が臨み、高吉は回心し筋金入りのキリスト者に変えられたのでした。

福音を魂で体感し、生けるキリストと触れた高吉は、国学、神道のやまとところで旧・新約聖書を翻訳し、神戸、京都で伝道をしました。

時は流れ、昭和22年6月12日、昭和天皇はご巡幸の際、西宮にある神戸女学院をおたずねになられました。
そのとき迎えた女生徒700名が歌ったのが、松山高吉が作った日本の讃美歌「わがやまとの国をまもり」なのです。

わがやまとの国をまもり
　あらぶる風を静め　世々安けく
　　治め給へ　わが神

わが愛する国をめぐみ
　汚しき浪たたせで　とこしなへに
　　清め給へ　わが神

わが日のもと光をそへ
　御心おこなわれて　主のみくにと

ならせ給へ　わが神

3番まで歌い終わっても、陛下はお動きになりません。生徒たちは、繰り返し歌います。そのうち嗚咽がもれ、やがて号泣となってゆきました。天皇陛下も泣いておられたと、その場にいた女生徒はのちに語っています。

この讃美歌の副題は「祖国」といい、国をまもり給えという祈りの歌です。陛下をお迎えするにあたってふさわしい歌として選ばれたのですが、荒れ果てた国土の中で、見えない神に向かって祈る700人の女学生の讃美歌が陛下をお慰めしたのでしょう。

昭和天皇は無私であり慈愛のお方でした。

天照大神が孫の瓊瓊芸命を高天原から地上に遣わし、その曾孫の神武天皇が日本を建国しました。それから124代、最も長寿（87歳）で、最も在位期間の長い（62年）昭和天皇は、最も過酷な国難を背負われた天皇でもありました。

終戦の時、昭和天皇のご聖断がなければ、また、周りの者が倒れるほどの強行軍での全国へのご巡幸による国民への励ましがなければ、今の日本はなかったでしょう。

世界で唯一、２６００年を超える歴史を刻む日本。それは、天皇の祈りによって支えられてきた歴史と言っても良いでしょうか。ヤマト人が目覚め、「赤心」……誠の心を取り戻すとき、日本は世界の灯明台となることでしょう。

私はそれが、世界の「希望」であると信じます。

●人類が最後に到達する究極の民主主義

天皇とは、「祈り」の御存在です。

世界の平和、国家の平安、そして国民一人ひとりの幸せを、朝な夕なと祈ってくださる、大祭司です。天上界の神々とつながり、人との間をとりもってくださる道としてこの世にいてくださるのです。

そして、日本人は、天皇こそ国の中心であり、日本にとって最も大切な背骨、つまり「国体」であることを知って、ともに国を支えてきました。

大日本帝国憲法が生まれた明治22年よりはるか悠久の昔から、我が国は「天皇ノ治ラス国」でした。憲法などという他国の常識をはるかに超越した、世界で最も古くから続く君主国家が我が国日本です。

「シラス」とは、「知る」の丁寧語です。国民の心に寄り添い、すべてをお知りになって徳を持って治めるのがシラスなのです。

日本は神武天皇建国以来、2679年の歴史を有する世界で最も古い王国です。日本人の多くは、日本を立憲民主主義国だと思っているようですが、海外のどの国も日本が君主国家であることを知っています。

しかも、「天皇」というどこにもない、神話からつながる万世一系の大君を抱く世界で唯一の国であることも海外では知られています。

「シラス」こそ、我が国の最も大切な心です。国を知り、人を知り、知ることによって愛し、徳をもって政治を行うこと。この統治の姿こそ、私たちの国、日本の最もすばらしいものであり、世界に類を見ない国体なのです。

もし、この統治の仕組みが間違っていたなら、世界で一番永く続く国であり続けることなどあり得ないはずです。

「シラス」の対義語に「ウシハク」があります。ウシハクとは、力を持つものがその権力、武力によって統治する形と言ってよいでしょうか。

日本の神話、古事記にはその変容の様子がこう描かれています。

もともと、高天原はアマテラスの力による統治、ウシハク世界だったようです。そこにスサノオという荒ぶる弟が現れ、その統治が行き詰まってしまうのです。

武力ではなく霊的な能力で統治していたアマテラスは、統治が行き詰まったことに心を痛められ、天の岩戸にお隠れになってしまわれます。

そこで生まれたのが、議会制民主主義です。古代ギリシャに民主主義が生まれるはるか昔、神代の時代に我が国では、八百万の神々が天野安《あまのやす》の河原に集まって議会を開き、決議をして、アマテラスに岩戸からお出ましいただくために計らいます。

その後、アマテラスを最高権威としてその下に議会を置く、シラス統治が始まります。そして、高天原で完成したシラス統治を地上でも行おうと、ニニギノミコトを降臨させたのです。こうして、徳をもって国民一人ひとりを大御宝として慈しむ、シラス天皇が誕生します。

ただ、時代の流れの中で、強力なリーダーシップで統治する、すなわちウシハクことが必要な場面も出てきました。そこで、日本は、権威と権力を分けることによってうまく対処してきたのです。

徳をもってシラス、天皇は最高権威であり、国民は天皇の「大御宝・おおみたから」です。権力者は天皇の権威の下にあって、最高権威の宝である国民を預かるわけですから、国民を粗末にするわけにはいきません。

つまり、民衆が独裁者によって支配されないのは、天皇という権威の存在のおかげなのです。

民主主義がもてはやされていますが、人民による民主主義の危険性はＥＵ脱退という英国の国民投票とその後の混乱をみても明らかでしょう。

大衆が力を持ち、大衆が思い通りに国家を運営しようとするとき、ドイツはナチス党、そしてヒットラーを誕生させました。フランス革命は、ルイ王朝を倒しましたが、その後国家を安定させるのに80年という時間と夥《おびただ》しい血を流すことになったのです。エゴで動く民意とは、なんと愚かなものなのでしょう。

私たちは、民主主義とは、国民主権とは、危険で不安定な未熟なシステムであることを知らなければなりません。民主主義とは、49：51の採決でも、51の意見がすべてとなり49の声は抹殺されるという、不平等の世界でもあるのです。

シラスとは、「人類が最後に到達する究極の民主主義」と言ってもいいのかもしれません。

なぜなら、最高の権威が大御宝として最も大切にする人民を、権力者が預かっているという関係ですから、徒《あだ》や疎かにできるはずがありません。

シラス経営をする経営者は、その大御宝を豊かにし、幸せにするのが使命となります。派遣社員を雇ったりせず、正社員を責任をもって雇用し、終身雇用が当たり前でした。だからこそ、従業員も滅私奉公、自分さておき世のため人のため会社のために一所懸命働いたのです。

天皇という国家最高権威の元で、民は大御宝とされ、世界最高の統治形態を完成させていたのが我が国日本だったわけです。

西洋白人社会が世界を制覇してゆく時代にあって、シラス世界はことごとく滅亡させられていきました。西洋文明はウシハク世界であり、力による支配です。白人にとって有色人種は動物以下であり、どれほど優れた文明があろうと人間として扱うこともなく奴隷にしてゆきました。

キリスト教の世界では、キリストの名において有色人種の国を植民地支配し、搾取し続け、そうすることで白人社会は発展していきました。英国に至っては、70もの植民地を持ち、日が沈むことのない大英帝国と呼ばれたほどでした。

そのウシハク白人支配の世界の中で、シラス統治を続けながらも負けない力をつけて、東亜の一角に燦然と光り輝いた灯明台が私たちの国、日本です。世界最強の米国太平洋艦隊に、真っ向から戦いを挑んだ世界で一つだけの国です。

戦争に負けはしましたが、もっとも大きな痛手を被ったのは英国だったに違いありません。白人のウシハク世界に立ち向かった、シラス世界のヤマトの勇気が飛び火して、植民地がすべて独立してしまったのですから。

しかし、いま、世界の灯明台として輝かなければならないシラス国、日本が乱れています。

●日本を内部から崩壊させる作戦

米国は日本のすさまじき強さを恐れ、それを根こそぎ取り去るために徹底的に日本を研究しました。

天皇について調査し、昭和天皇と会見したマッカーサーは、「天皇の存在なしに日本の統治は不可能」と判断し、米国政府に「天皇の政治責任は一切なし」と通知します。

ソ連、英国は天皇を戦争犯罪人として処罰することを強く要求し、米国もその意見に傾きかけていましたが、マッカーサーの報告によって天皇を戦争犯罪人にすることをあきらめたのです。

しかし、戦勝国である米国は、「降伏後における米国の初期対日方針」にこう明記しています。

「日本国が再び米国の脅威となりまたは世界の平和および安全の脅威とならないことを確実にすること」

そして、教育によって、日本を内部から崩壊させる作戦に出ました。戦前の日本の教育を全否定し、あのすばらしい修身の教科書さえ黒く塗りつぶしたのです。

日教組に代表される「民主教育」は、差別反対、すべての人は平等であると社会の画一化を叫びました。

しかし、生物である人間は、誰もが違った役割で生まれ、多様性の中で種を保存するように造られています。戦後民主主義とは、一見すばらしいようでありながら、生物としての本来の在り方とも真逆の方向性を持っているのではないでしょうか。

日本内部崩壊作戦のために、ＧＨＱは「教育に関する４つの解体指令」を出しました。

〈1〉「日本教育制度に対する管理」に関する覚書（昭和20年10月23日）
軍国主義、国家主義的な考え方を助長するものは削除するとして、教科書は墨で消すよう指示されました。「うさぎとかめ」の童話で、カメが勝ってバンザイをしている挿絵までも黒く塗りつぶされました。

〈2〉「教育及び教育関係官の調査、除外、認可」に関する覚書（昭和20年10月30日）
これによって、戦前の思想を大切にしたいという教師12万人が公職から追放されました。

〈3〉「国家神道・神社神道に対する政府の保証、支援、保全、監督並びに弘布の廃止」に関する件（昭和20年12月15日）

これがいわゆる「神道指令」で、国家と神道の分離を要求されました。伊勢神宮の式年遷宮も国家行事として執り行うことができなくなりました。神話の継承さえ、国家で行えなくなってしまったのです。

〈4〉「修身、日本歴史および地理停止」に関する覚書（昭和20年12月30日）

そして、この解体指令の後、昭和20年12月に全日本教員組合が結成され、22年6月に共産主義を支持する派閥、社会主義思想の派閥が合体して「日教組」となりました。

日教組が手本にし、目指していた教育は、レーニンの妻が主張する「ソビエト教育学」でした。その考え方とは、革命の邪魔となる「家族」の解体、そして子どもは国家集団で育てるというものです。

教師とは、「生徒たちの自主的学習を援助する、経験と知識に富んだ年長の友人」であるとしています。また、「ゆとり教育」を唱え、価値観の強制をしてはならないということで道徳教育にも反対しました。

ところが、本家のソ連では、この教育方針で子どもたちに接した結果、教育現場は、いじめや校内暴力、学級崩壊、青少年の犯罪などが増え、手がつけられなくってしまいました。そして「ソビエト教育学」は、レーニンの後、スターリンによって一掃されてしまいました。

つまり、本家で失敗した社会主義教育を、日教組や国立大学教育学部がしっかり受け継ぎ、自虐的な「東京裁判史観」によって歴史教育を続けているのがいまの日本なのです。

日教組は、戦争と関連付けて、国旗・国歌に反対しています。

このことがどれほど世界の常識から逸脱しているのかということに、いい加減気づき、目覚めなければ、私たちはもはや取り返しのつかないことになってしまいます。

●平成の玉音放送

平成28年8月8日、15時。

今上陛下（現・上皇陛下）御自ら、テレビを通じて国民に話しかけられました。

天皇のお身体のことを「玉体」、御声のことを「玉音」といいます。我が国建国以来、天皇みずから国民に語りかけられた、すなわち「玉音放送」がなされたことは三度しかありません。

昭和20年8月15日の昭和天皇による「終戦の詔書」。平成23年3月16日の東日本大震災に際しての御言葉、そしてこの度の三度です。

玉音放送とは、国家の一大事に天皇陛下が国民に直接語りかけることによって、日本を本来あるべき姿へと導く重大な事件、本当に一大事なのです。

なぜなら、天皇とはすべてをご存知で、一切をシラスお方だからです。その天皇がこれからの日本に大きな危惧の念を抱いておられるからこその玉音放送なのです。

私たちはすめらぎの玉のみ声を拝聴しました。

天皇の御思いがどこにあるのか、私たち国民はヤマトの魂で受け取らなければなりません。

平成の玉音放送、全文です。

天皇陛下のおことば

戦後70年という大きな節目を過ぎ、2年後には、平成30年を迎えます。

私も80を越え、体力の面などから様々な制約を覚えることもあり、ここ数年、天皇としての自らの歩みを振り返るとともに、この先の自分の在り方や務めにつき、思いを致すようになりました。

本日は、社会の高齢化が進む中、天皇もまた高齢となった場合、どのような在り方が望ましいか、天皇という立場上、現行の皇室制度に具体的に触れることは控えながら、私が個人として、これまでに考えて来たことを話したいと思います。

即位以来、私は国事行為を行うと共に、日本国憲法下で象徴と位置づけられた天皇の望ましい在り方を、日々模索しつつ過ごして来ました。伝統の継承者として、これを守り続ける責任に深く思いを致し、更に日々新たになる日本と世界の中にあって、日本の皇室が、いかに伝統を現代に生かし、いきいきとして社会に内在し、人々の期待に応えていくかを考えつつ、今日に至っています。

そのような中、何年か前のことになりますが、2度の外科手術を受け、加えて高齢による体力の低下を覚えるようになった頃から、これから先、従来のように重い務めを果たすことが困難になった場合、どのように身を処していくことが、国にとり、国民にとり、また、私のあとを歩む皇族にとり良いことであるかにつき、考えるようになりました。既に80を越え、幸いに健康であるとは申せ、次第に進む身体の衰えを考慮する時、これまでのように、全身全霊をもって象徴の務めを果たしていくことが、難しくなるのではないかと案じています。

私が天皇の位についてから、ほぼ28年、この間私は、我が国における多くの喜びの時、また悲しみの時を、人々と共に過ごして来ました。私はこれまで天皇の務めとして、何よりもまず国民の安寧と幸せを祈ることを大切に考えて来ましたが、同時に事にあたっては、時として人々の傍らに立ち、その声に耳を傾け、思いに寄り添うことも大切なことと考えて来ました。天皇が象徴であると共に、国民統合の象徴としての役割を果たすためには、天皇が国民に、天皇という象徴の立場への理解を求めると共に、天皇もまた、自らのありように深く心し、国民に対する理解を深め、常に国民と共にある自覚を自らの内に育てる必要を感じて来ました。こうした意味において、日本の各地、とりわけ遠隔の地や島々への旅も、私は天皇の象徴的行為として、大切なものと感じて来ました。皇太子の時代も含め、これまで私が皇后と共に行って来たほぼ全国に及ぶ旅は、国内のどこにおいても、その地域を愛し、その共同体を地道に支える市井の人々のあることを私に認識させ、私がこの認識をもって、天皇として大切な、国民を思い、国民のために祈るという務めを、人々への深い信頼と敬愛をもってなし得たことは、幸せなことでした。

天皇の高齢化に伴う対処の仕方が、国事行為、その象徴としての行為を限りなく縮小していくことには、無理があろうと思われます。また、天皇が未成年であったり、重病などによりその機能を果たし得なくなった場合には、天皇の行為を代行する摂政を置くことも考えられます。しかし、この場合も、天皇が十分にその立場に求められる務めを果たせぬまま、生涯の終わりに至るまで天皇であり続けることに変わりはありません。天皇が健康を損ない、深刻な状態に立ち至った場合、これまでにも見られたように、社会が停滞し、国民の暮らしにも様々な影響が及ぶことが懸念されます。更にこれまでの皇室のしきたりとして、天皇の終焉に当たっては、重い殯の行事が連日ほぼ2ヶ月にわたって続き、その後喪儀に関連する行事が、1年間続きます。その様々な行事と、新時代に関わる諸行事が同時に進行することから、行事に関わる人々、とりわけ残される家族は、非常に厳しい状況下に置かれざるを得ません。こうした事態を避けることは出来ないものだろうかとの思いが、胸に去来することもあります。

始めにも述べましたように、憲法の下、天皇は国政に関する権能を有しません。そうした中で、このたび我が国の長い天皇の歴史を改めて振り返りつつ、これからも皇室がどのような時にも国民と共にあり、相たずさえてこの国の未来を築いていけるよう、そして象徴天皇の務めが常に途切れることなく、安定的に続いていくことをひとえに念じ、ここに私の気持ちをお話しいたしました。

国民の理解を得られることを、切に願っています。

ヤマトの国の最高権威である天皇がシラスお立場から、国民と共にあることができるようにと、あえてお言葉を発せられたのです。

ほとんどの日本人は、とんでもない勘違いをしています。陛下がご自身のことで退位されたいのだと言う人までいます。天皇に対する国民のありかたが問われています。大御宝としての「私」を見直さなければなりません。

平成の玉音放送を拝聴し、いまからこそが、やまとこころのキャンドルサービスの本当の始まりだと、私は気づかされたのです。

いま、一人ひとりが、ヤマト人としての目覚めを願われているのです。

●譲る心の美しさ

日本建国の物語の中で、天照大神の孫のニニギノミコトが高天原から地上に降臨する「天孫降臨」は、神話のクライマックスです。神さまの願う世界を地上に実現しようという高い志をもって、私たちの祖先は国を治めてきたのです。

そして、その天孫降臨の前に行われたのが「出雲の国譲り」です。

天照大神の御子で、最初に大国主命に国譲りを迫った天穂日命《あめのほひ》の子孫は、代々出雲国造《いずもこくそう》を継承し出雲大社の宮司を務めてこられました。ところが、南北朝のころに兄弟げんかで千家氏と北島氏に分かれてしまいます。
それ以来、重要な神事は分担でなされるようになり、奇数月は千家家、神在月を含む偶数月は北島家の担当でしたが、明治時代、神社が国家管理となり分担ができなくなりました（現在、出雲大社の宮司は千家家が務めておられます）。

ところで、平成最後の年、２０１９年2月14日、私は縁あって出雲大社北島國造家第八十世北島建孝國造さまとお会いし、お話を伺うことが叶いました。

真の神の人と私は感じました。
その立ち居振る舞い、眼差しの暖かさ、綺麗な手、存在の涼やかさ、そして、紡がれる言葉の美しさと深さ……。そこにはまさに神話が生きていて、私の魂に涼やかな悠久の風が吹いたからです。

勤労奉仕団で天皇陛下の御前に立たせていただき、お言葉をかけていただいたときのかたじけなさ。胸にこみ上げてくる温かさと、切なさと、歓喜。

あの時と私の意識は重なり、國造さまは神話の継承者だと教え、初めてお会いしたとは思えない、懐かしい想いが胸に溢れました。

お話がこの度の天皇陛下の「御譲位」に及んだ時、國造さまはこのように仰いました。

「譲位とは、この方ならば自分以上に天の御心を成し遂げてくれるだろうという、敬意と希望があってこそなされるもの。

また、たとえ今は未完成でも、必ずや立派に成し遂げてくれるであろうという、期待があってこそなされるものです。

日本は譲る心の国。譲る心というのは、美しいものです。出雲はその心をもって、ヤマトに国譲りをしたのです」

なんとすばらしいお言葉なのでしょう。私は嗚咽をこらえるのが精一杯でした。

それは八十代國造さま、まさに、天穂日命さまのお言葉であり、さらには大国主命さまからのメッセージだったと私には思えました。

私は「生前退位」という言葉に大きな違和感を持っています。退位とは、引退であり、自分の都合で辞めることであると言えましょう。「辞める」という発想が、陛下のお心に微塵もあろうはずがありません。しかも、「生前」という言葉は、お亡くなりになることを前提に使われるものです。国民の心が貧弱になり、柔らかさも優しさも失われていることが哀しく思えてなりません。

しかし、出雲の国譲りから続く國造さまから「譲る」ことの本当の意味を教えていただき、またひとつ大切なやまとこころに気づかせていただきました。

「譲ることの美しさ」

これこそヤマト人の究極の美徳です。

我が国の国がらは右でも左でもありません。
神代以来天地を貫く真ん中の王道を歩む国が日本です。
その中心に無私、ただひたすらに民の幸せと、国の繁栄と世界平和を祈り続けられる聖霊の愛そのものである天皇のいます世界に比類なき尊い国なのです。

ついに平成の御代が終わり、いよいよ令和の御代がはじまりました。

このはじまりは、どこか遠くの、大きな時代の流れではありません。私たち一人ひとりが、ヤマト人として魂に灯した火を、周りの人たちに伝えてゆくのです。

大きなことや、運動など必要ありません。
まず、自分が日本に生まれて良かったという喜びに生きるのです。
一隅を照らし、自分の生きている場所で喜ぶのです。
誰と比べることもなく、自分の置かれたところで花を咲かせるのです。
私たちが願っている以上に、私たちに願われていることを思い出しましょう。
日本が世界の灯明台となりますように。
そして、すべての宗教が手をつなぎ合い、世界に平和の風が吹きますように。
日本よ、永遠なれ！

令和の始まりの時に「日本よ永遠なれ」と祈りを込めて

最後までお読みくださったことに、心から感謝いたします。

これまでの私の著作を読んでくださった方、講演を聞いてくださった方には、不思議な読後感があるかもしれません。それはおそらく、本書にイスラエル、そして聖書といった言葉が一切含まれなかったからでしょう。

イスラエルという視座を得て、私は自分を発見し、祖国日本を見出してきました。だから、その視座なくしては日本を語ることはできないと思い込んでいたのです。しかし、令和の始まりの時に、いま一度日本をまっすぐに見つめるために、あえてその視座を外して本書をまとめることにしました。

ところが奇しくも、いまこうして「日本よ永遠なれ」という魂の叫びともいえる一冊を上梓するための最後のメッセージをしたためているのは、2019年5月10日、71回目の建国記念日を迎えたエルサレムの地なのです。

これは、私が願ったというより、私に願われていることが成就する兆しに違いないと感じています。

イスラエルの国中が喜びに溢れ、国があることの幸せをかみしめるユダヤの人たちを見ながら、私にはほんの少しだけうらやましい気持ちが湧いてきます。

建国記念日の前日、戦没者追悼の一日としてイスラエル全体が喪に服します。国のために命を捧げてくれた英霊に感謝し、午後8時に全国土にサイレンが響きわたり、黙とうが捧げられるのです。

西暦70年、ローマ帝国に滅ぼされたユダヤの国が再び建国されたのは1948年5月14日でした。一度滅亡した民族が国を復興した、人類史上奇跡の出来事です。ユダヤの民は、国を持たない二千年もの間、世界各地を流浪し、様々な迫害を受けてきたのです。

ロシアのポグロム、ヨーロッパでのホロコースト、ユダヤ人というだけで迫害され虐殺された彼らの歴史を知るとき、私は初めて国があるということは当たり前のことではないのだということがわかりました。
魚に水が見えないように、日本人には日本が見えません。当たり前はありがとうの反対です、当たり前は見えません。知ることは愛の始まりなのです。

家族を大切にする人は讃えられます。会社を大事にする人は偉いと言われます。地域に貢献する人は素晴らしいと言われ、世界平和を願う人は立派と呼ばれます。

それなのに、我が国では祖国を愛すると言うとおかしな顔をされるのです。それこそおかしなことではありませんか?

私はユダヤ人の愛国心を知って、祖国日本を知りたい、いや、知らなければならないと思いました。今から30年前のことでした。
以来、イスラエルという国に一人でも多くの日本人を案内し、国があるのが当たり前ではないということに気づいてもらうことが、私のライフワークとなりました。

ユダヤの友が私に言った一言がずっと胸の奥に刺さったままになっています。

「ミスターアカツカ、お前はよく日本のような危ない国に住んで平気でいられるな。年間3万人もの自殺者を出し、拉致された同胞を助け出すこともできず、親子や友人同士で殺し合い、食料自給率が4割を切る……日本は魂の戦争をしているのか？」

ユダヤ人の律法で、彼らは自殺することが許されません。もしも一人でも他国に拉致されたなら、イスラエル軍はすぐに行動を起こします。

世界に散ったユダヤ人たちは助け合いながら生きてきました、同胞を殺すなどということはあり得ないことです。四国ほどの広さの国土の6割が砂漠です、イスラエルは。その国が食料自給率100％であり、世界各地に輸出までしているのです。

日本が安全で、イスラエルが危険な国だという思い込みは壊されました。

私は、昭和、平成、そして令和と、3つの時代を超えて日本に生かさせていただいています。

日本に生きてきたから日本人なのだと思い込んでいました。ところが、ユダヤの民は私に「民族とは、同じ歴史を共有する仲間のことだ」と教えました。

そのとき42歳になっていた私は、国の成り立ちも、建国の父も、建国の日も知らずにいたのでした。つまり、日本民族ではなかったということを知らされたのです。パスポートを持っていようと、住民票や国籍が日本にあろうと日本民族ではないのだと。

私にとって衝撃的なことでした、自分が日本人のようなものであって日本人でないなんて。足元がおぼつかない不安な気持ちになりました、そして同時に「何故教えてくれなかったのだ」という憤りも湧き上がってきました。

でも、自分で考えよう、私が私であるために。

そう心に決めて、42歳の衝撃から18年、自分の足で歩いてきた足跡をまとめ上げたのが本書です。

「やまとこころのキャンドルサービス」と銘打って全国各地で講演することも私のライフワークとなりました。

宗教戦争をしたことがない日本。
人種差別をしない日本。
奴隷がいない国日本。
そして、
天皇の国、日本。

想像してみませんか、世界のすべての民族がひとつ屋根の下の家族のように平安に暮らしている世界を……。

それを実現できるのは、世界で最も古くから続く日本しかないと私は思っています。

奇跡的なご縁に結ばれ、本書を手にとっていただけたことに心いっぱい感謝します。もし本書を読まれ、心の中に灯った光があったなら、大切な人にどうぞお伝えください。

日本が世界の灯明台となるべきときが、今ついに訪れていることを。

令和元年五月十日

イスラエル71回目の建国記念日のエルサレムにて

赤塚 高仁

●著者略歴

赤塚高仁
（あかつか　こうじ）

赤塚建設株式会社代表取締役
ヤマト・ユダヤ友好協会会長

1959年三重県津市生まれ、明治大学政治経済学部卒業。

大手ゼネコンで営業を務め、四国で瀬戸大橋などのプロジェクトにかかわった後、赤塚建設を継ぐ。「所有から使用へ」というコンセプトで、定期借地権による世界標準の街づくりを事業化。

日本の宇宙開発の父、ロケット博士として世界に名高い、故・糸川英夫博士の一番の思想継承者であり、日本とイスラエルとの交流に人生を捧げた糸川博士の遺志を継ぎ『ヤマト・ユダヤ友好協会』の会長も務め、イスラエルを20回以上訪れ、鍵山秀三郎氏、船井勝仁氏、本田健氏をはじめ、700人を超える人々の導き手にもなってきた。

「民族の歴史を失った民族は、必ず滅びる」というユダヤの格言や、荒野に挑むユダヤ民族との交流を通して、祖国日本を洞察。

そして、ヤマト人の歴史を取り戻すべく、「やまとこころのキャンドルサービス」の講演会を全国で行っている。

伊勢神宮での「やまとこころの祭り」を主催。

また、山元加津子さんのドキュメンタリー映画『1/4の奇跡』『宇宙の約束』『僕のうしろに道はできる』にも出演し、そのユニークな経歴と活動に全国各地から注目が集まっている。


著書「蝸牛が翔んだ時」（日本教文社）「聖なる約束」「ヤマト人への手紙」「黙示を観る旅」「ヤマト人への福音 教育勅語という祈り」「スコーチド」（きれい・ねっと）他

http://www.akatsukakensetsu.co.jp/

きれい・ねっと

あなたと
私と
この星と
きれいでつながる
よろこびの輪

聖なる約束　日本よ 永遠なれ

2019年6月11日　初版発行

著　者　赤塚高仁
発行人　山内尚子
発　行　株式会社 きれい・ねっと
〒670-0904　兵庫県姫路市塩町91
TEL 079-285-2215 FAX 079-222-3866
http://kilei.net

発売元　株式会社 星雲社
〒112-0005　東京都文京区水道1-3-30
TEL 03-3868-3275 FAX 03-3868-6588

ISBN978-4-434-26118-3